Angus Strong
Bartholomäus von Eckernstein
Die Großfürstinnen Myschka und Malyschka

Frank Maria Reifenberg
Lenny unter Geistern

Frank Maria Reifenberg, 1962 geboren, ist gelernter Buchhändler. Später besuchte er die Internationale Filmschule Köln. Er ist heute freier Autor und verfasst vorwiegend Kinder- und Jugendbücher sowie Drehbücher für Film und Fernsehen. Seit 2008 engagiert sich Frank Maria Reifenberg in der Leseförderung. Die Universität Köln berief ihn als Lehrbeauftragten für die Leseanimation von Jungen.

Thilo Krapp lebt in Berlin und illustriert und schreibt dort Kinderbücher und Comics. Er liebt alte Häuser und Möbel, weswegen Schloss Röckenpöppel ein guter Ort zum Zeichnen für ihn war. Außerdem unterrichtet er im Fach Comic/Graphic Novel an der Akademie für Illustration und Design in Berlin.

FRANK MARIA REIFENBERG

LENNY UNTER GEISTERN

EINE ZIEMLICH SCHRÄGE GESCHICHTE,
IN DER GEPOLTERT,
GESEUFZT UND GERASSELT WIRD.
BITTE KOPF EINZIEHEN,
WENN ETWAS VORBEISCHWEBT.
FALLS DU EINEN KOPF HAST.

mit Illustrationen von Thilo Krapp

dtv

Ausführliche Informationen über
unsere Autoren und Bücher
www.dtv.de

Von Frank Maria Reifenberg ist bei dtv junior außerdem lieferbar:
Ocean City – Jede Sekunde zählt (R. T. Acron)
Ocean City – Im Versteck des Rebellen (R. T. Acron)

MIX
Papier aus verantwortungsvollen Quellen
FSC® C014496

Originalausgabe

Umschlagbild und -gestaltung: Thilo Krapp
Gesetzt aus der Scala 11/14,5·
Satz: Bernd Schumacher, Friedberg
Druck und Bindung: GGP Media GmbH, Pößneck
Gedruckt auf säurefreiem, chlorfrei gebleichtem Papier
Printed in Germany · ISBN 978-3-423-76221-2

Diese Geschichte ist nur für Leute geeignet, die nicht zimperlich sind und Humor haben. Schwarzen Humor. Tiefschwarzen. Es geht hier nämlich um Leute mit Löchern im Bauch, Leute ohne Kopf und Leute, die Fehler machen. Tödliche Fehler. Fast.

Wenn du Geschichten magst, in denen auch schon mal jemand unter der Decke baumelt oder mit dem Hackebeil spielt oder 54 Stufen hinunterpurzelt, lies weiter. Wenn nicht, leg die Geschichte weg, aber beschwere dich nachher nicht, wenn alle sie gelesen haben und nur du nicht mitreden kannst.

Leonard Hohenklaue, genannt Lenny der Zweite

Eines kann ich dir gleich sagen, und das solltest du dir für dein ganzes Leben hinter die Ohren schreiben: Wenn etwas schon so richtig schräg losgeht, bleibt einem meistens nur eins – Augen zu und durch. Dann muss man einfach gucken, dass die Sache nicht völlig aus dem Ruder läuft. Für das Durcheinander, um das es in dieser Geschichte geht, kann ich wirklich nichts.

Ich schwöre.

Es lag an meinen Eltern.

Ehrenwort.

Ich versuche, die Geschichte so zu erzählen, wie sie passiert ist. Oder nein, eher so, wie ich mich daran erinnere, wie sie passiert ist. An einigen Stellen gehen nämlich ein paar Sachen drunter und drüber, und ich weiß bis heute nicht, was ich davon halten soll.

Es gibt für alles eine Erklärung.

Fast alles.

Vielleicht fange ich damit an, wer ich bin: Ich bin Lenny der Zweite.

Das ist ein etwas komischer Name, besonders wenn man weiß, dass ich nach dem Dackel von meinem Opa benannt wurde. Der war Lenny der Erste, Rauhaardackel. Lenny der Erste wurde im falschen Körper geboren. Er war fest davon überzeugt, dass in ihm mindestens so etwas wie eine Deutsche Dogge steckte. Das brachte Lenny dem Ersten viel Ärger ein, ganz besonders mit Rosaline, einer sehr kräftigen Rottweiler-Dame aus dem Nachbarhaus. Rosaline ist nicht nur sehr kräftig, sie mag auch keine Dackel. Mehr möchte ich dazu lieber nicht erzählen, weil du dann vielleicht schon jetzt anfängst zu heulen und das Buch in die Ecke wirfst.

Nur so viel: Lenny der Erste bekam nach seinem Streit mit Rosaline ein sehr schönes Grab in Opas Garten und Opa bekam kurz darauf ein sehr schönes Grab auf dem Friedhof. Er hatte den Tod von Lenny nicht verkraftet.

Bei Opas Beerdigung waren alle ziemlich traurig. Der Sarg war übersät mit Lilien, weil Opa die gemocht hatte und weil es Totenblumen sind, erklärte Mama. Lilien würden besonders gern als Schmuck für das Zimmer eines Toten genommen, weil sie alle anderen Gerüche übertrumpfen.

Das Blasorchester von Opas Schützenbrüdern spielte. Der Mann mit der Tuba musste zwischendrin immer schluchzen, weil er Opas bester Freund gewesen war. Wenn er nach einem Schluchzer weiterspielte, trötete er total schiefe Töne. Am Schluss gingen alle an das offene Grab und warfen Blumen hinein. Wer keine Blumen hatte, nahm eine Handvoll Erde, die dann so laut auf das Holz des Sarges prasselte, dass das Blasorchester jedes Mal aus dem Takt geriet.

»Erde zu Erde«, hat der Pfarrer am Grab gesagt und ebenfalls eine Handvoll Dreck auf den Sarg geworfen, Mama hat geschluchzt. »Asche zu Asche«, hat er dann gesagt und wieder eine Handvoll Dreck geworfen – und schließlich: »Staub zu Staub.«

Prassel, böller, riesel, kiesel, machten die Dreckklumpen, *tröööt,* machte die Tuba. *Schluchz,* machten die Leute und ich wusste ab diesem Moment, dass ich kein Freund von Beerdigungen war. Trotzdem werden in meiner Geschichte leider noch ein paar Todesfälle eine Rolle spielen. Nur, dass ihr schon mal Bescheid wisst!

Wo war ich stehen geblieben? Ach ja, bei meinem Namen: Mein voller und offizieller Name ist Leonard Hohenklaue, genannt Lenny der Zweite. Das mit dem Namen ist wichtig, deshalb betone ich es noch einmal. Ich heiße mit Nachnamen Hohenklaue (ein komischer Name, ich weiß). Hohenklaue. Nicht *von* Hohenklaue. Nur *Hohenklaue.* Das *von* ist möglicherweise der Ursprung eines Missverständnisses, durch das ich auf der neuen Schule landete, dem Internat Schloss Röckenpöppel in Groß Wandelstein bei Hustenburg.

Ich weiß, du kennst weder Groß Wandelstein noch Hustenburg, das ist auch kein Wunder, weil in beiden Orten zusammen weniger Leute leben als bei uns in einer Straße. Irgendwie hält es nur wenige Menschen in Groß Wandelstein und auch in Hustenburg will niemand lange wohnen. Das hat Gründe, die vermutlich mit Schloss Röckenpöppel zu tun haben.

Am besten fange ich einfach vorne an, wobei ich zugeben muss, dass ich nicht genau weiß, wo in dieser Geschichte vorne ist.

»Schätzchen, es wird bestimmt ganz toll«, sagte meine Mutter an jenem Morgen. Wenn meine Mutter ›Schätzchen‹ oder ›kleiner Hase‹ zu mir sagt, ist das nicht nur sehr peinlich. Es ist auch ein Zeichen, dass ich mich auf irgendetwas einstellen muss, das ganz bestimmt nicht so toll wird. »Du wirst superschnell ganz tolle neue Freunde dort finden, kleiner Hase. Die Schule ist in einem tollen alten Schloss.«

Einmal ›Schätzchen‹ und einmal ›kleiner Hase‹ – innerhalb von einer Minute.

»Huhuhuuuu, huiiibuuu«, machte mein Vater. »Mit einem alten Schlossgeist, der dir jede Nacht …«

»Norbert, hör auf, mach unserem kleinen Hasen doch keine Angst«, ermahnte Mama ihn.

Kleiner Hase. Zum zweiten Mal. Jetzt war es eindeutig: Sie hatte ein abgrundtief schlechtes Gewissen, dabei war ich eigentlich ganz froh, dass Papa wieder einmal alles verschusselt hatte.

Die Sache sah nämlich so aus: Meine Eltern hatten

die einmalige Chance, an einer Forschungsreise in den Dschungel des mittleren Amazonas teilzunehmen, um dort einen seltenen Lurch zu suchen, der zur Familie der Winkelzahnmolche gehört. Besonders hübsch sind diese Viecher nicht und sie können eigentlich fast nichts, aber sie sind Mamas und Papas große Leidenschaft.

Wenn Mama sehr witzig sein will, nennt sie mich auch schon mal ›mein kleiner Winkelzahn‹. Ich bin nicht hässlich und ich kann im Gegensatz zu den Molchen einiges, zum Beispiel gut Fußball spielen, eigenständig sehr schöne Feuerwerkskörper mit meinem Chemiebaukasten herstellen und so hungrig aussehen, dass mir jeder Hotdog-Verkäufer heimlich noch eine zweite Wurst ins Brötchen stopft.

Während meine Eltern auf Reisen waren, sollte ich bei Tante Lisbeth wohnen und dort auch zur Schule gehen. Allerdings hätte Papa dafür die Anmeldung rechtzeitig abschicken müssen. Aber das hat er vergessen, weil im Labor an der Universität gerade irgendein Lurch geschlüpft war, und bei solchen Gelegenheiten vergisst mein Vater eben alles.

Um ehrlich zu sein, war ich heilfroh darüber.

Hundertmal lieber verbrachte ich das nächste Schulhalbjahr auf irgendeinem alten Schloss als bei Tante Lisbeth. Sie stellt einem jeden Morgen eine grauschleimige Pampe hin und preist das ungenießbare Zeug als das gesündeste Essen der Welt an. Wie kann Essen gesund sein, wenn einem davon übel wird?

Viel Auswahl hatten meine Eltern bei der Schulsuche nicht mehr gehabt und so war ihre Wahl auf Schloss

Röckenpöppel gefallen, das zwar fast 400 Kilometer weit weg lag, dafür aber noch genügend Plätze frei hatte.

»Der letzte Ritter von Röckenpöppel hieß Heribert und kam im Dreißigjährigen Krieg ums Leben«, sagte Mama.

»Er kam nicht einfach so ums Leben. Sie haben ihm den Kopf abgehauen«, sagte Papa. »Unangenehm.«

»Stimmt«, sagte Mama. »Dabei wäre Ritter Heribert ohnehin fast schon an gebrochenem Herzen gestorben, weil er seine Geliebte nicht heiraten durfte. Die war nämlich nur eine Bäckerstochter aus dem Ort, die allerdings den besten Apfelkuchen des Königreichs gebacken hat. Außerdem war sie wunderschön und hatte ein blaues und ein braunes Auge. Nur adlig war sie nicht und deshalb durfte der Ritter sie nicht heiraten.« Mama seufzte. Sie konnte sich für romantische Geschichten begeistern. »Na ja, jedenfalls stammen die Grundmauern des Schlosses noch aus der Zeit von Heinrich dem Starken. Das ist doch super, ein uraltes Gemäuer, da kann man bestimmt ganz toll spielen. Und vielleicht findest du auch den sagenhaften Schatz der Röckenpöppels. Den hat der Ritter nämlich vor der Schlacht versteckt und leider niemandem gesagt, wo! Das ist doch ganz und gar toll, Schätzchen!«

Wenn meine Mutter neben ›Schätzchen‹ und ›kleiner Hase‹ auch noch allzu oft ›ganz toll‹ sagt, sollte man ganz besonders vorsichtig sein und am besten auf alles erst einmal mit ›Nein‹ antworten. In diesem Fall war es dazu aber zu spät. Die Sache stand längst fest. Heute sollte es losgehen. Ich würde Schüler auf Schloss Röckenpöppel werden.

Schon der Name war ein Witz. Wie war dieser Heinrich der Starke nur darauf gekommen, sein Schloss so zu nennen? Schloss Wildenburg, das wäre ein guter Name gewesen, oder Schloss Schreckenstein oder Schloss Galgenfest. Aber Röckenpöppel? Da hätte er es auch gleich Nasenpopel nennen können.

Der Brief, der alles besiegelte, lag auf dem Küchentisch. Der Absender, Direktor Theoderich Grünspan, hatte ganz offensichtlich einen Tick.

Das Briefpapier sah aus, als habe schon Heinrich der Starke darauf geschrieben. Es war fast gelb, knisterte trocken und Direktor Grünspan hatte mit einer altmodischen Schrift und geschwungenen Buchstaben, die ich kaum entziffern konnte, lauter geschwollene Sätze geschrieben: *Ihr Sohn Leonard finde sich höchstselbst zum Dritten des Augustus anno 2018 ein und beziehe seine Gemächer* ... und so weiter und so weiter.

Das kann ja heiter werden, falls dort alle so reden, dachte ich und bemerkte in meiner schlechten Laune gar nicht, dass in diesem Brief etwas nicht stimmte. Das fiel mir erst später im Auto auf.

Im Nachhinein würde ich sagen, dass ein paar Dinge an diesem Morgen vielleicht eine Warnung hätten sein können. Irgendetwas zwischen Himmel und Erde wollte uns scheinbar davon abhalten, dass wir uns auf den Weg machten. Oder besser: dass ich mich auf den Weg machte.

In Gruselfilmen spielen sie in solchen Fällen so eine bestimmte Musik, die alles ein bisschen verdächtig erscheinen lässt. Mein bester Freund Moritz ist gruselfilmsüchtig und wir drehen manchmal mit seinem Smartphone Gruselfilme.

Er hat mir das vor einiger Zeit genau erklärt: Die Bilder in solchen Filmen sind zuerst ganz harmlos. Es scheint die Sonne, ein Eiswagen fährt vorbei und der Eismann lässt die Klingel bimmeln, die alle fröhlich zu Schoko-, Erdbeer- und Vanilleeis ruft. Die Frau von gegenüber winkt fröhlich und ruft: »Gute Fahrt!«, und ihre kleine fröhliche Tochter, die seit einer Woche laufen kann, brabbelt fröhlich. Dann patscht sie die kleinen Händchen fröhlich ineinander und lacht ein fröhliches Kinderlachen.

Aber in Wahrheit ist absolut nichts fröhlich.

Denn diese kleine böse Melodie, die unter alldem liegt, sagt dir: Gleich passiert es, gleich kommt ein Zombie oder eine ähnliche gefährliche Gestalt. Die will dem Eismann in den Kopf beißen, aber dann sieht das Zombiemonster die fröhliche kleine Tochter und wendet sich lieber ihr zu. Den Rest kannst du dir selbst ausmalen. Wenn Moritz Filme dreht, wird es immer sehr blutig und auch ein bisschen eklig.

Auch bei uns war an diesem Tag alles sehr fröhlich, als wir aus dem Haus gingen. Eine kleine warnende Melodie gab es nicht.

Fröhlich bimmelte der Eismann ein paar Häuser weiter, Frau Bertram von gegenüber winkte fröhlich und rief fröhlich, »Gute Fahrt!«, und ihr Töchterchen Chantal krähte fröhlich, lachte fröhlich und patschte fröhlich in die Hände.

Moritz würde jetzt den Regisseur spielen und rufen: »Großaufnahme von den kleinen fröhlichen Patschhändchen!!!«

Die Patschhändchen von Chantal waren nämlich wichtig. Sie patschte, weil sie etwas haben wollte. Sie wollte den Schal meiner Mutter haben.

Den hauchdünnen Schal mit Blüten in Blau, Gelb und Grün, den ich ihr zum Geburtstag geschenkt hatte. Den Schal, der von einem Windstoß ergriffen und auf die Straße gewirbelt wurde.

Spätestens jetzt hätte die kleine böse Melodie kommen müssen, die den Zuschauer im Film vor schrecklichen Dingen warnt.

Aber sie kam nicht.

Stattdessen ging alles ganz schnell.

Der Schal wehte über die Straße. Chantal rannte hinterher. Der Eiswagen klingelte fröhlich, was Chantal gar nicht störte. Der Transporter mit den rosa, hellblauen und weißen Streifen und einer riesigen Eistüte auf dem Dach rollte auf das Kind zu.

Frau Bertram schrie, meine Mutter schrie, ich schrie.

Im Film würde ab jetzt alles in Zeitlupe passieren, weil der Held dann besonders heldenhaft wirkt.

Ich rannte jedoch einfach so schnell wie möglich. Das war vielleicht der schnellste Sprint meines Lebens. Ich flog über die Straße, die Arme ausgestreckt, meine Hände griffen nach Chantals patschenden Händchen. Aus dem Augenwinkel sah ich links den Transporter, rosa, blaue und weiße Streifen, Eistüte, die weit aufgerissenen Augen des Eismannes.

BOING! Der fröhliche Eiswagen hatte mich erwischt.

Mir wurde schwarz vor Augen.

Ganz aus der Ferne hörte ich die Stimme meiner Mutter, die immer wieder rief: »Oh Gott, nein, das kann doch nicht sein, Sie haben meinen Jungen umgebracht!«

Mein rechtes Augenlid wurde gelupft und ich blickte in gleißendes, helles Licht. So sieht es also aus, wenn man in den Himmel schaut. Sterben ist gar nicht so schlimm, nur das helle Licht stach mir ein wenig in die Pupillen. Mir war klar, was nun als Nächstes kommen musste: ein Engel. Die Sünden und Verfehlungen in meinem bisherigen Leben waren nicht so schlimm gewesen. Zu einer Einladung meiner Eltern zum Schuldirektor hatte es gereicht und einmal waren mir auch die Weihnachtsgeschenke gestrichen worden, die ich dann allerdings nach Weihnachten doch noch bekommen hatte.

Aber das reichte nicht für die Hölle – und außerdem war es eine engelhafte Stimme, die nach mir rief. »Leeeeeooonard!« Woher sollte ein Engel auch wissen, dass mich alle Lenny nennen?

Diesen Engel musste ich mir unbedingt anschauen. Ich

riss die Augen auf und sah in das erschrockene Gesicht meiner Mutter. Darin stand erst einmal nicht Freude geschrieben, sondern Erstaunen. Fast so, als wäre ich von den Toten auferstanden.

Außerdem waren da noch die Gesichter von Frau Bertram, Chantal, meinem Vater, dem Eismann und – ah, da war er ja – einem blonden Engel. Ich weiß, das klingt kitschig, aber es war so.

Der blonde Engel trug eine Weste in gelber Signalfarbe und leuchtete mir mit einer Taschenlampe ins Auge. »Da ist er ja wieder«, sagte der Engel. Auf seinem Namensschild stand Dr. Sirena Morgenrot. »Halb so schlimm gewesen, was?« Der Engel lächelte mich an.

»Halb so schlimm?«, fragte meine Mutter in dem Tonfall, mit dem sie auch einen Elternbrief meiner Klassenlehrerin entgegennahm.

»Die Jungs in dem Alter sind aus Gummi, die halten was aus«, sagte der Engel.

»Muss er denn nicht ins Krankenhaus?«, fragte meine Mutter. Sie klang ziemlich schroff.

So redete man doch nicht mit einem Engel. Außerdem wissen Engel sehr viel besser, was man mit Leuten wie mir anstellt. Mama rief jedoch: »Er ist von einem Eiswagen überrollt worden!«

»Schatz, nicht überrollt«, beschwichtigte Papa sie. »Der Eiswagen hat ihn gerade eben noch mit dem Kotflügel gestreift. Ein kleiner Kick, mehr nicht. Als er Ostern vom Baum gefallen ist, war das viel schlimmer.«

Der Engel reichte mir die Hand und half mir auf. Das blonde Wesen fuchtelte mit dem Finger vor meiner Nase herum, befahl mir, ihm zu folgen und ein paar Schritte über den Mittelstreifen der Straße zu gehen. Oh ja, ich würde überall mit der Blonden hingehen oder -fliegen. Fliegen war noch viel besser, auch wenn ihre Engelsflügel gerade von dieser signalgelben Weste verdeckt wurden. Sie fragte mich nach dem Namen und Geburtstag meines Großvaters. Wie nett von ihr, dachte ich, sicher will sie mich im Himmel mit meinem Opa zusammenbringen. Den Geburtstag wusste ich genau, weil Opa im vorigen Jahr gestorben war und Papa zwar das richtige Datum, aber das falsche Jahr auf seinen Grabstein hatte eingravieren lassen. Demnach wäre Opa am 13. Juni genau 179 Jahre alt geworden.

»Der kleine Lebensretter hatte einen Schutzengel«, sagte Sirena und meinte damit anscheinend nicht sich selbst.

Aber so wie es aussah, ließ sie mich gehen, sie habe noch einen Einsatz, jemand mit Herzinfarkt, gleich ums Eck, sagte mein Engel Sirena. Er nahm mich nicht mit zu sich in den Himmel, sondern bedeutete mir, meinen Eltern zu folgen.

»Puh, da haben wir aber noch mal Glück gehabt«, sagte Papa.

»Stimmt«, sagte Dr. Sirena Morgenrot und fuhr mit ihrem Notarztwagen davon.

Frau Bertram versicherte mir in den nächsten fünf Minuten ungefähr zweihundertmal, ich sei ein Held, ein wahrer Held, nein, ein Schutzengel, ein Glücksfall, weil ich ihre kleine Chantal vor dem Eiswagen gerettet hatte.

Nach dem zweihundertzweiten Mal fuhren wir dann doch endlich los, mit einiger Verspätung, aber wir fuhren los.

Falsch.

Wir wollten losfahren.

Leider hatte Papa den Autoschlüssel in der ganzen Aufregung verloren. Der Ersatzschlüssel lag im Büro, mit dem Fahrrad brauchte er zwanzig Minuten hin und zwanzig zurück.

»Das schaffen wir locker bis zwölf Uhr«, sagte Papa, als wir endlich im Auto saßen und er den Zündschlüssel drehte.

Mit sehr viel Glück hätten wir es noch schaffen können, aber nur, wenn Papa gewusst hätte, wie man mit dem Navi in unserem Auto umgeht. Wenn es einem in der Liste mit den möglichen Ortschaften, die man ansteuern möchte, zwei verschiedene Hustenburgs anbietet, muss man das richtige Hustenburg auswählen.

Nach ungefähr 200 Kilometern fragte Mama: »Bist du dir ganz sicher, Norbert, dass wir richtig sind? Ich dachte, die Schule liegt viel weiter südlich ...«

»Ganz sicher, Lenchen«, sagte Papa und fuhr weiter.

Wir fuhren nicht wirklich, sondern wir tuckerten eher, im Schritttempo, weil wir schon einige Zeit im Stau standen.

Ich saß hinten im Auto und langweilte mich.

Mama drehte sich zu mir um: »Schätzchen, guckst du noch mal in den Brief? Wann genau sollten wir dort sein?«

Ich guckte in den Brief, der sofort seinen muffelmodrigen Geruch im ganzen Auto verbreitete. Ich stutzte. Ich schaute noch einmal: 00:00 Uhr.

Ich hatte mich nicht getäuscht. Dort stand 00:00 Uhr. Mitternacht also.

»00:00 Uhr«, sagte ich.

»Schätzchen, lass den Quatsch. Kein Schuldirektor schult seine Schüler um Mitternacht ein.«

Darin sollte sie sich täuschen.

Ich reichte ihr den Brief nach vorne.

»00:00 Uhr«, murmelte sie erstaunt. »Norbert, da steht 00:00 Uhr. Das ist Mitternacht.«

»Das muss ein Versehen sein, dieser Grünspan ist schon ein bisschen älter, glaube ich ... Endlich!« Papa seufzte und gab Gas. Der Stau löste sich langsam auf.

»Da steht 00:00 Uhr«, sagte Mama. »Sieh doch selbst.« Sie hielt Papa den Brief vor die Nase.

Ein Brief vor der Nase ist keine gute Idee, wenn man gerade ein Auto lenkt. Es gab einen ordentlichen *Bums!*, als unser Volvo gegen den Fiat 500 vor uns rumste.

Eine Menge Leute stehen um zwei Autos herum und schreien sich an. Einzelheiten muss ich hier wohl nicht erzählen.

Kennst du dich mit Autos aus? Ein Fiat 500 ist ungefähr halb so groß wie ein Volvo. Die Verteilung der Kräfte bei diesen beiden Autos ist so ungleich wie bei dem Streit zwischen der Rottweiler-Dame Rosaline und Opas Dackel Lenny dem Ersten. Oder so wie bei einer Kokosnuss und einer Weintraube. Man möchte auf keinen Fall die Weintraube sein, wenn von oben die Kokosnuss heruntersaust.

Keine Angst, den Leuten in der kleinen Karre war nichts passiert. Papa hatte noch nicht so richtig Gas gegeben. Der Auffahrunfall kostete uns noch einmal vier Stunden. Wir fuhren danach weiter bis zum falschen Hustenburg, wo Papa feststellte, dass es tatsächlich das falsche Hustenburg war. Gelegentlich ist er einfach ein bisschen starrköpfig, sagt Mama. Ich glaube, sie hat recht. Ich weiß nur nicht, was sie damit meint, wenn sie manchmal sagt, dass ich das von Papa geerbt hätte.

Alles in allem brauchten wir am Ende fast dreizehn Stunden für die Fahrt ins richtige Hustenburg, dann noch einmal vierzehn Minuten bis Groß Wandelstein und schließlich noch einmal neunzehn Minuten für den letzten Kilometer bis Schloss Röckenpöppel. Dieses letzte Teilstück bestand aus einem Feldweg, der in einen fast komplett überwucherten Waldweg mündete. Zum Schluss kamen wir nur noch im ersten Gang vorwärts.

Ich weiß das so genau, weil ich die ganze Zeit mit Moritz auf WhatsApp hin- und hergeschrieben habe. Das gilt bei meinen Eltern nicht als online sein und schon gar nicht als zocken, also darf ich es nahezu unbegrenzt. Mama nervt es, aber Papa sagt, so sei das eben heutzutage, die Kinder müssten das lernen mit der modernen Kommunikation. Da muss ich ihm recht geben. Papa ist schusselig, aber nicht von gestern.

Jedenfalls kratzten zum Schluss Brombeerbüsche mit Dornen so lang wie mein kleiner Finger an den Seiten des Autos entlang. Okay, das ist übertrieben, aber sie waren megalang. Dem Auto war es nach dem Unfall sowieso schon egal.

»Na, hier könnte aber auch noch mal ein bisschen was gemacht werden«, flüsterte Mama. Mama sagt immer, dass »ein bisschen was gemacht werden muss«, wenn mein unaufgeräumtes Zimmer nur noch mit einer Ausrüstung für eine Urwaldexpedition zur durchqueren ist.

Wir hatten alle das Gefühl, dass es besser war, keinen besonderen Krach mehr zu machen (zusätzlich zum Röhren des Motors, der bei dem Unfall ein bisschen was abgekriegt hatte).

Zu diesem Zeitpunkt erreichte mich die letzte Nachricht von Moritz: *Das sind Killerbrombeeren! Wenn ihr aussteigt, schlingen sie sich um euch und killen euch mit ihren Giftdornen.* Danach folgten noch vierzehn Horror-Smileys.

Moritz guckt ziemlich viele Horrorfilme, meistens auf seinem Smartphone. Dann sitzt er an der Bushaltestelle mit dem fetten Kopfhörer auf den Ohren, hat Schweißausbrüche und glasige Augen und gibt komische Geräusche von sich. Moritz' Vater ist nicht schusselig, aber dafür von gestern. Herr Möhre checkt einfach nicht, dass man mit einem Smartphone einfach alles kann, außer sich den Hintern abputzen. Aber das kommt bestimmt auch bald.

Nach den Killerbrombeeren brach die Verbindung ab. Das Verschwinden jeglicher Balken zeigte, dass es auch nicht das letzte Fitzelchen Empfang gab, nein, es stand dort sogar: *Kein Netz.*

Plötzlich teilte sich das Dickicht. Vor uns lag eine offene Fläche. Der Weg endete nach ungefähr 100 Metern an einer hohen Mauer, die offenbar das Schloss umgab. Das ominöse Gebäude war nur schemenhaft im wabernden Nebel zu erkennen.

Um genau 23:57 Uhr rumpelte unser einäugiger Volvo mit der verbogenen Stoßstange die letzten Meter bis zur Mauer und – *pffffgurgelpffff!* – gab der Motor den Geist auf. Wir mussten zu Fuß weiter.

Das erste Tor stand offen, dahinter lag eine weitere Fläche und dann kam ein breiter Wassergraben, aus dem der wattige Nebel aufstieg. Wir überquerten die hölzerne Zugbrücke und betraten den Schlosshof.

Es war stockdüster. Nicht die kleinste Funzel leuchtete in einem der kohlschwarzen Fenster. Die Nacht war zwar sternklar und der volle silbern leuchtende Mond schien an

einem der vier wuchtigen Türme des Schlosses zu kleben. Trotzdem erreichte kein Strahl das Innere der Burganlage. Schloss Röckenpöppel war nicht so sehr ein Schloss, sondern vielmehr eine Festung. Die Zugbrücke, der Burggraben drum herum, das alles ließ einen eher an eine Ritterburg denken.

»Vielleicht kommen wir lieber morgen wieder«, hauchte Mama, immer noch in einer Lautstärke, dass man die Worte eher erahnen musste.

»Und wo sollen wir schlafen?«, fragte Papa.

Als wir Groß Wandelstein durchquert hatten, war dort kein Mensch mehr auf den Beinen und der einzige Gasthof mit dem Namen *Zum Kopflosen Ritter* war verrammelt gewesen.

»Wir haben doch früher auch schon mal im Auto übernachtet«, wisperte Mama.

»Ja, aber da hatte ich es noch nicht mit der Bandscheibe«, wisperte Papa zurück.

»Soll ich klopfen?«, fragte ich und versuchte, mit ganz normaler, fester Stimme zu sprechen. Meine Worte hallten durch die dunkle Einsamkeit, wir alle zuckten zusammen und rückten schnell enger aneinander.

»Soll ich jetzt klopfen?«, wiederholte ich meine Frage, dieses Mal deutlich leiser.

Mama schüttelte heftig den Kopf und sagte: »Ja.«

Papa nickte und sagte gar nichts.

Also streckte ich die Hand nach dem Türklopfer aus massivem, verrostetem Metall aus. Er hatte die Form eines Löwenkopfes.

In diesem Augenblick hätte man dem Lauf der Dinge noch eine andere Richtung geben können. Die letzte Chance. Ich hatte es in der Hand. Wörtlich. In der Hand.

Der Löwenkopf wurde warm, dann heiß, ich ließ ihn los. Die Fratze des Raubtiers flimmerte kurz, dann verzog sie sich, nahm für den Bruchteil eines Augenblicks die Gesichtszüge eines Jungen an. Eine Narbe zog sich vom linken Mundwinkel zum linken Auge.

»Furzikato, aber mit Karacho!«, zischte er.

Hoppla, das war mal ein freundlicher Empfang!

»Ist was?«, fragte Mama.

Sie hatte nichts gesehen, weil ich den Türklopfer mit meinem Körper verdeckte.

»Äh ... der Löwe ...«

Der Löwe starrte mich mit seinem aufgerissenen Maul an und zeigte mir wieder seine Reißzähne – so, wie er es auch schon vor einem Augenblick getan hatte. Kein Junge mit einer Narbe.

»Äh, nichts, ich ...«

In dem Moment krächzte eine Stimme neben mir: »Was kann ich für die Herrschaften tun?«

Die Kinnlade meiner Mutter sackte ungefähr bis zu ihrem Bauchnabel hinunter. »Wo kommt der denn her?«, formten ihre Lippen.

Vor der verschlossenen Tür stand plötzlich ein hagerer Kerl mit nach oben gezogenen Schultern. Seine Haut war blass, die Augen winzige schwarze Stecknadelköpfchen in tiefen, dunkel umschatteten Höhlen, fusselige aschblonde Haare hingen an den Seiten seines mageren Schädels herab. Obendrauf hatte er eine Glatze. Er trug einen schwarzen Anzug und irgendwie erinnerte er mich an jemanden.

»Riff Raff«, entfuhr es meinem Vater.

Genau: Riff Raff aus der Rocky Horror Picture Show, einem der Lieblingsfilme meiner Eltern. Genauso sah der Mann, der vor mir stand, aus.

»Lassen Sie den Quatsch«, fauchte er. »Mich gab es schon lange vor diesem ...« Er machte eine Pause und spuckte das Wort dann mit größter Verachtung aus. »... Schauspieler! Pah!«

Mama und Papa nickten.

In dem Film verirren sich ein Mann und eine Frau mitten in der Nacht und landen in einem Gruselschloss, in dem dieser Riff Raff der Hausdiener ist. Moritz sagt, der Film sei alberner Kram und gar nicht gruselig. Außerdem werde dauernd gesungen und getanzt, weil es ein Musical ist. Das könne gar nicht gruselig sein.

Den Typ hier fand ich durchaus gruselig, zumal er wie aus dem Nichts aufgetaucht war. Während er sprach, kramte er in den Taschen einer Anzugjacke herum.

»Du bist der Neue, stimmt's?« Sehr erfreut klang das nicht. »Wurde aber auch höchste Zeit.«

»Wir hatten einen Unfall«, entschuldigte sich Mama, aber Riff Raff kümmerte sich gar nicht darum.

Er wurde fündig und zog einen großen Schlüssel hervor, der ebenso rostig war wie der Türklopfer und das Türschloss. »Brauchen wir den?«

Mama schaute Papa an, Papa schaute zurück, Mama schaute mich an.

Natürlich brauchten wir den, wie sollten wir sonst reinkommen? Ich nickte: »Äh, ja, wenn die Tür verschlossen ist ...«

»Ich dachte es mir«, seufzte Riff Raff abfällig, steckte den Schlüssel ins Schloss und begann ihn herumzudrehen. Einmal, zweimal, dreimal – und dann immer weiter. Dabei meckerte er: »Ich hab es doch gleich gesagt, dass das nichts bringt, jemanden ohne Vorbildung hier mit der fünften Klasse anfangen zu lassen, der kriegt doch nie im Leben den Anschluss, hab ich gesagt, aber wer hört schon auf mich?« Er drehte sich um, hob die hohen Schultern noch höher und schaute fragend in die Runde. »Keiner«, gab er sich selbst die Antwort. »Ich bin ja nur der Hausdiener, aber ich sage es dir, mein Lieber: Pass bloß auf, ich räume hier nicht den Dreck weg, wenn euer Mist da oben in den Klassenzimmern schiefgeht. Wenn du auch nur einmal grünen Schleim ins Treppenhaus kotzt, lernst du mich kennen.«

Irgendwie hatte ich darauf schon jetzt keine Lust. Und ich fragte mich, ob man in diesem Gebäude in jedem Schloss den Schlüssel zwei Dutzend Mal herumdrehen musste. Ich hatte mitgezählt.

»Lenny, äh, ich meine: Leonard hat einen robusten Magen«, sagte meine Mutter. »Schätzchen, stimmt's?«

»Mama!« Ich verdrehte die Augen. »Sag nicht Schätzchen zu mir.«

»Oh Entschuldigung, mein Hase, ich vergesse es immer wieder.«

Das stimmte.

Der Hausdiener riss Papa meinen Koffer aus der Hand und schob mich die paar Stufen hinauf ins Gebäude. Dann ging alles ganz schnell.

Meine Eltern traten zwar noch einen Schritt vor, aber der Hausdiener verstellte ihnen den Weg. »Haben Sie die Hinweise zur Einschulung nicht gelesen? Kein Geheule, kein Gejammer, kein Geseufze. Das kommt alles später. Deshalb endet hier das Huschipuschi-Betreuungsprogramm. Das Schätzchen ist auf Schloss Röckenpöppel bestens aufgehoben, Direktor Grünspan wartet schon. Sie können gehen.«

Das erinnerte mich irgendwie an die Grundschule. Da gab es allerdings ein nettes Schild am Eingang, auf dem *Kiss & Go*-Zone stand und das die Eltern darauf aufmerksam machte, dass sie morgens nicht mit ins Klassenzimmer kommen sollten. Das kam bei Mama und Papa sowieso selten vor, weil sie immer an irgendetwas herumforschten und keine Zeit für Geküsse hatten.

Jetzt schauten sie allerdings ziemlich bedröppelt aus der Wäsche.

Der Hausdiener blieb hart.

»Gonzo bringt Sie zurück zu Ihrer Schrottkarre«, sagte er. »Er schleppt Sie mit Lotta bis Groß Wandelstein – und dann müssen Sie sehen, wie's weitergeht.«

»Hngrh«, ertönte es hinter meinen Eltern. Eine Art Stallbursche stand da. Neben dem riesigen Ackergaul, den er an einem Zügel hielt, wirkte er wie ein Zwerg.

»Versuchen Sie gar nicht erst, mit ihm zu sprechen«, sagte Riff Raff. »Er hat keine Zunge. Und Vorsicht vor Lotta, sie tritt schon mal aus.«

Das Pferd wieherte, als wollte es die Worte des Dieners bestätigen.

Ich sah in Mamas Augen die Zweifel, ob sie mit Schloss Röckenpöppel die richtige Schule für mich ausgesucht hatten. Mir war auch mulmig, aber ich wusste, wie wichtig die Forschungsreise zum mittleren Amazonas für sie und Papa war.

»Kein Problem, Mama«, rief ich so fröhlich wie möglich. »Ich freu mich doll auf …«

Den Rest meines Satzes verschluckte der donnernde Hall, als der Hausdiener die schwere Tür einfach zuknallte.

Es gibt dunkel, stockdunkel und es gibt einfach Schwarz. Ob es von Schwarz auch noch eine Steigerung gibt, weiß ich nicht. Denk einfach an das schwärzeste Schwarz, das du dir vorstellen kannst, und nimm es mal zehn.

So sah es um mich herum in dem Augenblick aus, in dem die Tür zuschlug.

»Schon wieder. Diese Saubande!«, knurrte der Hausdiener. Was danach folgte, war eine Sammlung von Flüchen und Verwünschungen, die auf keinen Fall etwas für Ohren von Leuten sind, die noch nie auf Schloss Röckenpöppel waren.

Nachdem er mit Fluchen fertig war, schwirrte von allen Seiten zuerst ein Kichern und dann ein grünliches Flimmern um mich herum, heller wurde es dadurch nicht.

»Herrschaften, keinen Schabernack bitte!«, schallte eine strenge Stimme durch den Raum.

Auf der Stelle verstummte das Gekicher, die grünen Irrlichter erloschen und mit einem Schlag flammten unzählige Kerzen auf, so grell, dass ich die Augen schnell in meiner Armbeuge vergraben musste. Als ich einen ersten Blick wagte, fand ich mich in einer Eingangshalle wieder, die locker die Größe der Aula meiner ehemaligen Schule hatte.

An zwei Seiten sah ich schwere Portale, die jedoch verschlossen waren. Daneben stand links und rechts jeweils eine Ritterrüstung in vollem Waffenschmuck. An der Stirnseite lag ein offener Kamin, der so groß war, dass man ein Auto darin parken konnte. Auf dem Sims stand eine wuchtige goldene Uhr mit gleich drei Zifferblättern, daneben Porzellanvasen mit weißen Lilien, deren Blütenduft bis zu mir herüberwehte. Lilien!

Eine hölzerne Treppe führte hinauf in die erste Etage. Dort sah man rundherum verlaufende Balkone. Ganz oben auf der Treppe stand ein Mann mit buschigen, in alle Richtungen abstehenden Haaren, so weiß wie sein Hemd, dessen Kragen steif und hoch war.

»Doktor Theoderich Grünspan«, stellte er sich vor, wippte dabei einmal kurz auf die Zehenspitzen und nickte mir zu. »Tritt näher«, fügte er hinzu und wippte noch einmal. »Und wer bist du?«

Von unten sahen seine Haare aus, als brenne ein weißes Feuer um seinen Kopf. Als ich neben ihm stand, erwies sich das aber als eine optische Täuschung. Das dachte ich zu diesem Zeitpunkt jedenfalls, ich wusste ja noch nicht, dass Herr Dr. Grünspan – übrigens genau genommen Herr Dr. Dr. Dr. Grünspan – früher den Beinamen *der brennende Theo* getragen hatte, bevor er Leiter der Schule auf Schloss Röckenpöppel geworden war.

»Das ist der Neue«, antwortete der Hausdiener schon an

meiner Stelle. Er stand plötzlich hinter mir. Seine Eigenart, wie aus dem Nichts aufzutauchen, machte mich ein bisschen nervös.

»Lenny«, piepste ich, räusperte mich und sagte mit fester Stimme: »Leonard Hohenklaue.«

»Lenny!?!« Der Hausdiener prustete los. »Wie lustig. Wir hatten hier mal einen Dackel, der so hieß.« Es war das erste und letzte Lachen, das ich von ihm hörte.

»Der junge Herr von Hohenklaue also, auf die Minute pünktlich um Mitternacht, das liebe ich sehr, nicht wahr, Strong?«

Der Hausdiener antwortete nicht. Nun wusste ich immerhin seinen Namen.

»MISTER Strong!«

Der Hausdiener schreckte auf. Er war im Stehen eingeschlafen. Anscheinend wusste er nicht mehr, dass er oben auf einer Treppe stand. Er machte einen Schritt zurück, trat ins Leere, polterte Stufe für Stufe hinab, überschlug sich wieder und wieder, donnerte mit dem Kopf gegen eine der Säulen, an denen die Treppe jeweils in einem Neunzig-Grad-Winkel abknickte, und kullerte mit immer höherem Tempo weiter abwärts.

Oje. Chantal fast von einem Eiswagen überfahren. Der Auffahrunfall. Ein tödlicher Treppensturz. Der Tag hatte es in sich.

Der Direktor seufzte. »Dieser Tollpatsch«, sagte er ungerührt.

Unten auf dem Marmorboden blieb der Hausdiener reglos liegen.

»Nun gut«, sagte Dr. Grünspan. »Wir erledigen zunächst

die Formalitäten, alles muss seine Ordnung haben, das ist klar. Dann bringe ich dich in deine Klasse.« Er ging mit trippelnden Schrittchen zur übernächsten Tür.

»Äh, müssen wir nicht ...?« Ich zeigte nach unten.

»Was denn?«, fragte der Direktor.

»Sollten wir nicht ...?« Ich beugte mich über das Geländer, konnte aber nichts sehen. Dann drehte ich mich wieder herum. Und musste schlucken. »Urghs.«

»Wenn der junge Herr endlich belieben wollen einzutreten?«, sagte der Hausdiener mit gespielter Höflichkeit. Er stand an der Tür, durch die der Direktor schon verschwunden war, eine Hand hielt den Griff, die andere wies in das Zimmer. »Und am besten machst du den Mund zu, sonst fliegt dir noch ein Irrlicht hinein, die Biester sind heute wieder ein bisschen schrill unterwegs.«

Ich fragte mich in diesem Augenblick lieber nicht, wie der Hausdiener so schnell die Treppe heraufgekommen war, obwohl er doch eigentlich das Genick, mindestens aber alle anderen Knochen gebrochen haben musste. Es schien, als habe er sich nicht einmal den kleinen Finger verstaucht.

»Nimm Platz, junger Mann«, sagte Direktor Grünspan und nickte zu einem Armsessel hinüber, der vor dem riesigen Schreibtisch stand.

Ich versank in dem Polster aus rotem Samt, während die morschen Sprungfedern darin quietschten. Auf der Stelle fühlte ich mich wie ein Winzling, als sei ich auf die Größe einer Feldmaus geschrumpft. Ich saß so tief, dass ich gerade eben noch über die Tischkante linsen konnte. Von der anderen Seite starrte mich ein Totenkopf mit der weißen störrischen Mähne des Direktors an.

»Laut meinem Adelsregister von 1843«, sprach der Totenkopf, »musst du ein Spross derer von Hohenklaue sein.« Er räusperte sich. »Arthur, der Sohn des neunzehnten Grafen von Hohenklaue, war ebenfalls Schüler dieses

Instituts und gar kein schlechter. Er hat mit Bestnoten abgeschnitten!« Der Direktor mit dem Totenkopf schlug das dicke Buch zu und eine Staubwolke wirbelte auf.

»Ich … ich …«, stotterte ich los, schließlich hatte ich noch nie mit einem Totenkopf gesprochen, »… ich bin Lenny der Zweite«, brachte ich mit einiger Mühe hervor und entdeckte dann, dass der weiße Haarbusch sich zur Seite bewegte und Direktor Grünspan zum Vorschein kam.

Der Totenkopf hatte mir nur die Sicht auf ihn versperrt. Der Direktor schob ihn zur Seite.

»So ist es besser«, sagte er. »Ich habe meine Kandidaten immer gerne im Blick.«

Die Verwechslung mit der Grafenfamilie sprach ich in diesem Augenblick lieber nicht an und das war auch gut so. Sonst hätte ich einigen Erklärungsbedarf gehabt. Mir schwante langsam, dass es sich bei dieser ganzen Sache hier um ein Missverständnis handeln musste. Mindestens.

»Den habe ich im vergangenen Jahr zum Dienstjubiläum von den Schülern dieses Instituts bekommen.« Direktor Grünspan zeigte auf den Totenkopf. »Tja, über Geschmack lässt sich streiten.«

Ich stand auf, um besser sehen zu können. Der Totenkopf war auf einer Holzplatte mit einem Messingschildchen befestigt. Darauf stand: *Zum 250. Jubiläum unseres geschätzten Herrn Direktors Dr. Dr. Dr. Theoderich Grünspan.*

Ich musste grinsen. Wie bei Opas Grabstein, dachte ich. Wahrscheinlich hatte das Geld nicht gereicht, um den Fehler auf dem Schildchen zu korrigieren.

»Um es gleich zu sagen, junger Graf …«

»Äh, ich bin …«

»Bitte unterbrich mich nicht!« Der Tonfall des Direktors machte mir unmissverständlich klar, dass Widerspruch zwecklos war. »Wir haben nicht ewig Zeit, wenn du heute noch in deine Klasse willst. Also ...«

Er holte tief Luft und mir wurde kalt, als er ausatmete. Sein Atem stand in der Luft wie an einem frostigen Wintertag, obwohl es stickig und warm in dem Zimmer war.

»Die drei wichtigsten Regeln dieser Schule lauten: Erstens, man widme sich fleißig dem Studium, um bald zu Glanz und Ruhm dieser Gesellschaft beitragen zu können. Zweitens, man lebe in Eintracht und mit einem gesunden Maß an Frohsinn mit seinen Lehrmeistern und Mitschülern zusammen und drittens ist es den Schülerinnen und Schülern streng verboten, allzu oft die Menschen draußen vor den Mauern zu erschrecken. Hält man sich daran, verlebt man hier eine gute Zeit und geht in ein paar Jahrzehnten als hervorragend ausgebildete Nachwuchskraft von dannen.«

Ich lachte über den Witz mit den Jahrzehnten. So oder so würde ich nur das halbe Schuljahr hier verbringen, bis meine Eltern ihren Winkelzahnmolch entdeckt und ihn nach mir benannt hatten, das hatten sie mir nämlich versprochen: *Hynobius nebulosus lennyensis* sollte er heißen.

»Was gibt es da zu lachen?«, fragte Grünspan. »Der letzte Punkt ist von besonderer Wichtigkeit: Kein Kontakt zu den Menschen der Umgebung, außer wir unternehmen einen gemeinsamen Ausflug zur Erprobung des Gelernten am Ende eines Schuljahrs. Die da draußen sind die da draußen. Wir sind wir. Auf Zuwiderhandlungen steht die Höchststrafe.«

Er beugte sich weit über den Tisch und wieder schienen weiße Flammen aus seinem Kopf zu schlagen. Seine Augen weiteten sich, die Augäpfel quollen hervor und einen kleinen Moment befürchtete ich, dass sie herausfielen. Das Weiß war durchzogen von blauen Äderchen. In den tiefschwarzen Pupillen sah ich mich selbst wie in einem verbogenen Spiegel.

»Verstanden?«

Ich nickte. Das ist die einzig ratsame Antwort, wenn ein Lehrer dich fragt, ob du etwas verstanden hast.

»Noch Fragen?«

Ich schüttelte den Kopf. Natürlich hatte ich noch Fragen, es wurden mit jeder Minute mehr. Zum Beispiel, wie genau das aussah, was er Höchststrafe genannt hatte. Ich sah mich schon im Kerker, weit unten in einem Verlies, in dem mir hungrige Ratten die Zehen abfraßen. Ein Schloss wie dieses hatte garantiert einen Kerker.

»Gut, der junge Herr Graf wird sich schnell an alles gewöhnen. Morgen nach der Aufnahmeprüfung schauen wir dann weiter«, sagte der Direktor und gab dem Hausdiener ein Zeichen.

»Soll ich den Neuen ins Klassenzimmer bringen?«, knurrte der Hausdiener direkt an meinem Ohr. Obwohl ich sein plötzliches Auftauchen ja schon kannte, erschrak ich.

»Strong!«, sagte Direktor Grünspan böse. »Ich weiß, dass es Ihnen Spaß macht, aber wir erschrecken die Schüler nicht. Jedenfalls nicht, wenn sie sich so wohl verhalten wie der junge Graf.«

Der Hausdiener knurrte etwas Unverständliches und führte mich dann ohne ein weiteres Wort hinaus. Wie ich mir die Aufnahmeprüfung genau vorzustellen hatte, fragte ich lieber nicht.

Der Hausdiener und ich umrundeten die Galerie. An den Wänden reihte sich ein Gemälde an das nächste, auf kleinen Schildchen standen die Namen, in denen fast immer ein ›Graf von‹ oder ›Freifrau zu‹ enthalten war, ab und zu gab es auch einen Zusatz, der zum Beispiel darüber informierte, dass Adolphus von Röckenpöppel ›der Bucklige‹ genannt wurde oder ›Ritter Heribert‹ im Range eines kaiserlichen Rates in der Schlacht am Weißen Berg zuerst den Kopf und dann das Leben verloren hat.

Wir bogen auf der gegenüberliegenden Seite in einen langen Flur, an dessen Ende eine Wendeltreppe hinauf in einen der Türme führte, die ich von außen gesehen hatte.

»Glaub nur nicht, dass hier alle so ein Tamtam machen, von wegen ›junger Graf‹ und so weiter. Und beim Direktor ist das auch nur eine Laune, morgen Abend ist das schon vorbei, das sag ich dir gleich«, blaffte Strong mich an. »Einige unserer besten Schüler haben weder ein ›von‹ noch ein ›zu‹ und sind spitze, die kommen einmal groß raus. Die bleiche Magd Susanna und Horstchen der Holzfäller, die wollten uns schon ein paar der ganz schicken Institute abwerben, aber deine Klassenlehrerin Agatha die Er...«

Der gellende Schrei eines Mädchens unterbrach ihn.

»Oh mein Gott«, stöhnte der Hausdiener. »Die machen mich noch verrückt.«

Strong trat ans Geländer und schaute hinunter.

Ich stellte mich neben ihn und folgte seinem Blick.

Ein Mädchen lag am Treppenabsatz auf dem Bauch, ihr Kopf war bis auf den Rücken verdreht. Ein zweites Mädchen stand daneben und schimpfte. Beide trugen lange weiße Kleider mit Rüschenkragen, die ziemlich altmodisch waren, und riesige Hüte mit Blumen und Schleifen, die trotz des Sturzes keinen Millimeter verrutscht waren.

»Habt ihr denn nichts zu tun?«, schimpfte der Hausdiener.

»Wir haben eine Freistunde, huiiii«, rief das eine Mädchen. Als sie heraufschaute, sah ich, dass die beiden Zwillinge sein mussten, sie glichen sich wie ein Ei dem anderen. Nur an den unterschiedlichen Blumen auf ihren Hüten konnte man sie unterscheiden.

»Wir üben für die Prüfung, huiii«, rief die andere und stand schon wieder munter auf den Beinen. »Wer bist denn du-uiii?«, fügte sie hinzu, als sie mich erblickte. Irgendetwas stimmte mit ihren Augen nicht, aber ich konnte es auf die Entfernung nicht genau erkennen.

»Dann übt gefälligst leise und hört auf mit diesem Uiii und Huiii, damit holt ihr keine Zusatzpunkte«, knurrte der Hausdiener und eilte mit mir im Schlepptau weiter. »Ich gebe Nachhilfe in diesem Fach«, erklärte er mir, »ich war darin früher ganz groß, aber jetzt ... na ja ...«

Ohne ein weiteres Wort zu verlieren, öffnete er die Tür zu dem Klassenzimmer. Neben dem Türrahmen hing ein Schild:

5 a Klassenlehrerin: Agatha (d. E.) Wolke

»Der Neue«, stellte der Hausdiener mich vor. »Leonard soundso.«

»Von soundso«, keuchte die Lehrerin. »Direktor Grünspan ... aarchf ... hat mich schon ... ungrpf ... informiert.«

Die Frau konnte schlecht sprechen, was auch kein Wunder war, weil sie mit einem Seil um den Hals von der Decke hingt.

»Ich ... grrrmpf ... bin deine Klaaarpssenlehrerin, herzzzlichrk willkommen. Setz diiiii...rch nebnn Osk...rmmfar.«

Die Lehrerin deutete auf die zweite Tischreihe. In der ersten Reihe war auch ein Platz frei, dort stand auf der Tischplatte ein altes Kofferradio. Eigentlich waren es keine Tische, sondern Pulte, die mit den Bänken, auf denen die Schüler saßen, verbunden waren.

Ich glaube, spätestens in diesem Moment wurde mir wirklich klar, dass mit dieser Schule etwas nicht stimmte. Trotzdem setzte ich mich neben den Jungen, der die ganze Zeit zum Fenster hinausgeschaut und mir bisher keinerlei Beachtung geschenkt hatte.

Als er mir endlich ins Gesicht sah, erkannte ich ihn. Von seinem linken Mundwinkel zog sich eine Narbe bis hinauf zu seinem linken Auge. Er war der Erste, der mich hier auf sonderbare Weise begrüßt hatte, am Tor, auf dem Löwenkopf. Es war also keine Einbildung gewesen.

»Klopf, klopf, klopf«, sagte er und verzog das Gesicht zu einem Grinsen. »Furzikato, aber mit Karacho!«

Nach dieser Begrüßung drehte er sich wieder von mir weg und schnipste dreimal mit dem Finger, allerdings unter der Tischplatte, also nicht so, als ob er sich melden wollte. Agatha (d. E.) Wolke hing inzwischen nicht mehr an der Decke, sondern stand hinter dem Lehrerpult auf einem erhöhten Absatz.

»So, meine Lieben, wer will es denn nun versuchen?« Die Lehrerin hielt das Seil mit dem dicken Knoten, der auch einen ausgewachsenen Bullen erwürgen konnte, in die Runde. »Horstchen, du vielleicht?«

Ein kleiner Junge, der eigentlich eher wie ein Erstklässler als wie ein Fünftklässler aussah, riss die Augen weit auf und begann sofort zu weinen. Er lehnte sich weit über die Tischplatte und umklammerte einen Gegenstand, der darauf lag. Wenn mich nicht alles täuschte, handelte es sich um ein Hackebeil, an dessen scharfer Seite sich verdächtige rotbraune Flecken befanden.

Das Radio auf dem Platz vor mir plärrte los und spulte mehrmals einen Reim ab: »Horstchen mit dem Hackebeil hackt ab dir jedes Teil. Ob Kopf, ob Zeh, ob Stinkefuß, das Horstchen hackt mit schönem Gruß.«

Horstchens Miene hellte sich mit jeder Wiederholung dieses Reims auf, beim zweiten Mal fiel er in die leiernden Töne des Radios mit ein.

»Ricky, Ruhe jetzt!«, schimpfte Frau Wolke. »Oder ich schalte dich aus.«

Aus dem Radio lachte es.

Der Junge neben mir flüsterte, ohne sich zu mir zu wenden: »Das geht gar nicht, Alterschalterfurz, man kann Ricky nicht ausschalten.« Er schnipste dreimal mit den Fingern der rechten, dann zweimal mit denen der linken Hand.

»Also wirklich, jetzt ist aber Schluss. Was ist denn heute los mit euch?« Die Lehrerin schaute in die Runde. »Will es denn wirklich keiner versuchen?« Sie wedelte mit dem

Seil, dann wandte sie sich wieder dem kleinen Jungen mit dem Hackebeil zu: »Horstchen, du musst auch mal etwas Neues lernen. Du kannst dich nicht immer auf dein Hackebeil verlassen.« Frau Wolke schüttelte enttäuscht den Kopf. »Oder wäre es was für unseren Neuen?« Sie hielt mir den Strick hin.

Ich schluckte tief. In meinem Mund war alles staubtrocken. Es gab nichts zu schlucken und statt einer Antwort kam nur ein Knacken heraus.

»Ich, ich!«, schrie plötzlich jemand hinter mir.

Ich drehte mich um.

In der letzten Reihe war ein Mädchen mit wallenden blonden Haaren aufgestanden. Sie war sehr blass, und als sie aus der Bank in den Gang trat und nach vorne ging, bemerkte ich erst auf den zweiten Blick, dass auch bei ihr etwas nicht stimmte.

Es schien so, als stimmte bei ausnahmslos jedem in dieser Schule etwas nicht. Ich glaube, das ist spätestens jetzt allen klar, oder?

Das Mädchen hatte keine Füße, zumindest sah man sie nicht. Außerdem trug sie nur ein Nachthemd, das im Abstand von vielleicht zwanzig Zentimetern über dem Boden schwebte.

»Sehr schön, Emily«, sagte die Lehrerin. »Für dich ist es natürlich besonders schwierig, eine gute Erhängte darzustellen.« Uns andere musterte sie streng und plötzlich wurde Agatha Wolkes Tonfall hart und klirrend. Bei jedem Wort schlug sie mit der flachen Hand auf den Deckel ihres Lehrerpults. »Bei Agatha der Erhängten hat bisher noch jeder das Hängen gelernt. Seit elf Generationen bringe ich hier nur Top-Erhängte hervor und auch ihr werdet mir keine Schande machen.« Ihre Stimme schlug wieder in ein Säuseln um. »Komm, meine Liebe, auch eine schwebende Jungfrau kann das.«

»Pass auf, das wird lustig, Furzknoten«, flüsterte der Junge mit der Narbe neben mir. »Ich heiße Caruso, nicht verwandt und verschwägert.«

»Mit wem?«, fragte ich.

»Dem Opernsänger, kapierst du, Ca-ru-so? Nicht verwandt mit dem, nicht verwandt, klar, Caruso, Karacho, voll in die Hose.«

»Oskar!«, ermahnte Frau Wolke den Jungen, der sich mir gerade mit Caruso (nicht verwandt und verschwägert mit wem auch immer) vorgestellt hatte.

»Okay«, sagte Oskar oder Caruso. Zu mir gewandt flüsterte er: »Meine Freunde nennen mich Caruso, okay? Caruso, Ka...«

»...racho, voll in die Hose«, sagte ich.

Er grinste. Mit seiner Narbe sah es aus, als grinse er einmal um den ganzen Kopf herum.

»Gut, dann sind wir Freunde, Popelfritz.«

»Lenny, ich heiße Lenny, nicht verwandt und verschwägert.«

»Mit wem?«

»Mit dem Dackel.«

»Gut, du bist auch verrückt, das hilft.«

»Wobei?«

»Beim Miteinanderklarkommen. Wir wohnen nämlich in einem Zimmer.«

Plötzlich bekam ich keine Luft mehr. Blitzschnell hatte

Frau Wolke die Schlinge des Stricks um meinen Hals geschwungen und zog das Seil mit erstaunlicher Kraft in die Höhe.

Ich stand auf.

Sie zog fester.

Ich röchelte.

Sie lachte.

Ich stieg auf die Sitzbank.

Sie auf die Tischplatte.

»Lieber ... äh, wie war dein Name noch?«

»Lenny, nicht verwandt und verschwägert«, antwortete Caruso an meiner Stelle, denn aus meiner Kehle kam nur noch ein Röcheln.

»Lieber Lenny«, säuselte Frau Wolke, »ich mag es gar nicht, wenn man meinen Unterricht stört. Ich weiß, dass der Erhängte ein bisschen aus der Mode gekommen ist, aber es ist immer noch ein Prüfungsfach.«

Sie sah mich streng an.

Ich röchelte zustimmend.

»Du bist ganz schön schwer für ein Gespenst«, sagte sie und ließ mich runter.

Ich röchelte wieder, dieses Mal abwehrend.

Aus dem Radio kam ein Knistern und Zischen, als hätte es den Sender verloren, doch dann schallte es laut: »Die einen leicht und wehend, die anderen traurig flehend. Einer trägt den Kopf in der Hand und alle gehen sie durch die Wa...«

»Ricky!«, rief Frau Wolke.

Das Radio, das offensichtlich auf den Namen Ricky hörte, knisterte und verstummte.

Frau Wolke nahm mir das Seil wieder ab und sagte: »Na ja, vielleicht ist das ein bisschen viel fürs erste Mal.«

Den Rest der Stunde war ich damit beschäftigt, wieder richtig Luft zu bekommen und über ein Wort nachzudenken, das ich aus dem Mund der Lehrerin vernommen hatte.

Alle außer dem kleinen Horstchen lachten sich schief bei den unzähligen Versuchen von Emily, die es erst dann schaffte, wie eine erhängte Jungfrau auszusehen (und nicht mehr wie eine schwebende), als Frau Wolke ihr sechs Bände des zwölfteiligen Lexikons der Spukgestalten im südamerikanischen Raum am Nachthemd befestigte. Natürlich mit den Ketten, die an dieser Schule normalerweise im Grundkurs Geräuschspuk benutzt wurden, wie Oskar oder Caruso mir zuflüsterte. Ausnahmsweise schickte er dieser Bemerkung kein Schimpfwort hinterher.

Auch am Ende der Stunde hatte ich noch keine Erklärung für die Worte der Lehrerin gefunden, die in Endlosschleife durch mein Hirn tickerten: »Du bist ganz schön schwer für ein ... GESPENST.«

Mir war klar, dass ich mir sehr bald etwas ausdenken musste. Ein Plan musste her und dessen Ziel konnte nur heißen, so schnell wie möglich von Schloss Röckenpöppel zu verschwinden. Und zwar bei der erstbesten Gelegenheit.

In der nächsten Stunde wurde ich jedoch wieder unsicher, ob das alles nicht ein großer Streich war, den mir die anderen spielten. Ich hatte einmal davon gehört, dass es auf Internaten sonderbare Rituale gibt, mit denen die Neulinge eingeführt werden. Man legt ihnen Blindschleichen ins Bett oder mischt eklige Dinge ins Essen oder fesselt sie splitterfasernackt und mit Honig beschmiert an einen Baum, um darauf zu warten, welche Insekten sich über die armen Kerle hermachen.

Da ging es mir doch noch ganz gut, oder?

Jetzt hatten wir erst mal ganz normalen Sprachunterricht, wenn auch in Chinesisch, also einer Sprache, von der ich natürlich kein Wort beherrschte. Es stellte sich heraus, dass die anderen auch nicht allzu viel Ahnung hatten. Nur

›Huiii‹ und ›Buhuuu‹ und ein paar andere Laute brachten sie auf Chinesisch hervor.

Fräulein Weichbrodt, die aus Lübeck in Norddeutschland stammte und dort früher ein Pensionat für die Töchter reicher Kaufleute betrieben hatte, sprach ein sonderbares Deutsch. »Ich mächte die Härrschaften bitten, augenblicklech met däm Geschwötz aufzuhören!«, ermahnte sie die Klasse ständig, aber irgendwie hörte niemand auf sie. Fräulein Weichbrodt betonte immer wieder, dass Chinesisch für unseren beruflichen Werdegang besonders wichtig sei, weil in China die Zukunft liege.

Das Radio jaulte kurz auf und plapperte los: »Es kommt der Mann aus China her, er wünscht ein Spukschloss sich so sehr. Er kauft es sich und eins – zwei – vier, steht es in China und nicht mehr hier.«

»Säähr scheen gesprochen, säähr scheen!«, lobte Fräulein Weichbrodt das Radio. »Und jetzt alles auf Chinäsäch bitte!«

Mich verschonte sie die ganze Stunde. Vielleicht lag es daran, dass Fräulein Weichbrodt – nach ihrer Brille mit zentimeterdicken Gläsern zu schließen – so gut wie blind war und mich noch nicht entdeckt hatte.

Als die Pausenglocke klingelte, wünschte sie uns allen guten Appetit, um dann als Erste hinauszustürmen. Die Klasse folgte ihr. Horstchen mit dem Hackebeil umklammerte mit einer Hand das Hackebeil, das fast größer war als er selbst. Emily schlängelte sich in einem eleganten Flug um die anderen herum. Oskar oder Caruso, Karacho-voll-in-die-Hose tat etwas, was mich darin bestätigte, dass mein Plan, so schnell wie möglich abzuhauen, richtig war.

Und mein Plan B auch. Ich habe immer einen Plan B und manchmal sogar einen Plan C.

Plan B hieß: Wenn so schnell wie möglich abhauen nicht möglich ist, dann hau eben langsam ab. Hauptsache, abhauen. Plan C lautete: Hör auf zu reden, hör auf zu denken. Hau einfach ab, ab, ab.

Oskar drängelte sich nicht wie die anderen zur Tür hinaus. Er schwatzte mit niemandem, gab nur hier und dort ein »Furzestinker!« von sich und ging schnurgeradeaus. Direkt links neben der Tafel verschwand er durch die Wand.

Richtig. Durch die Wand. DURCH. Kapiert?

Die Pause. Ich musste die Pause nutzen für Plan A, B und C.

Ich starrte Oskar nach.

Neben mir plärrte das Radio los: »Oskar geht durch Wand und Stein, kommt in jeden Raum hinein. Ricky Rocket steht nur dumm den ganzen Tag im Weg herum.«

Ich starrte das Gerät an.

»Starr mich nicht an«, maulte das Radio. »Nimm mich gefälligst mit zum Essen, mir stinkt's, dass die mich stets vergessen! Verflixt!«

Das Radio knisterte, als ich es berührte und am Henkel vom Tisch nahm. Nicht zu schnell und nicht zu langsam folgte ich den anderen Schülern, die die hölzerne Treppe hinabeilten und durch eine riesige zweiflügelige Tür am anderen Ende der Halle verschwanden. Ganz unauffällig wendete ich mich nach links und schlenderte auf das Portal zu, durch das ich diese sonderbare Schule betreten hatte.

»Der Neue ist ein feiges Kind, macht sich aus dem Staub geschwind ...«, quatschte das Radio los.

»Ricky, halt's Maul«, zischte ich und im gleichen Moment wurde mir bewusst, wie durchgeknallt ich war – ich redete mit einem Radio!

» ... er ängstigt sich bis tief ins Mark«, plapperte das Radio weiter, »statt sich zu freuen auf den Sarg.«

Wenn er einen Mund gehabt hätte, hätte ich ihm den zugehalten, aber einen Lautsprecher konnte man nicht zuhalten. Ich stellte das Radio einfach auf dem Kaminsims ab und wollte zur Tür huschen.

Sofort stieß Ricky Töne aus, die einige Ähnlichkeit mit der Sirene eines Feuerwehrautos hatten.

»Was ist denn hier los?« Strong, der Hausdiener, stand vor mir.

Ich hatte die Hand gerade nach der schweren Klinke ausgestreckt, aber ich zog sie wieder zurück. »Äh, nichts, nichts ist los«, stotterte ich.

»Zum Speisesaal geht es dort lang.« Strongs langer dünner Arm mit dem ausgestreckten Zeigefinger wies mir den Weg.

»Ach ja, genau«, sagte ich und tat so, als ob ich mich verlaufen hätte. Ich ging ein paar Meter, da stupste mich jemand in den Rücken.

Ich drehte mich um. Strong stand vor mir und hielt das Radio in der Hand.

»Du hast deinen Freund vergessen.« Er drückte mir das Gerät in die Hand. »Guten Appetit.«

»Ricky, der arme Tropf, verliert so schnell den Kopf«, flüsterte es in meiner Hand. »Hat's vermasselt, hat's verdorben, ist zu Recht so schlimm gestorben.« Dann schluchzte er und ich brachte es nicht übers Herz, ihm weitere Vorwürfe zu machen oder ihn in der nächsten Blumenvase zu versenken.

Unter den düsteren Blicken des Hausdieners bewegte ich mich hinüber zum Speisesaal. Dreimal drehte ich mich um, dreimal weitete er die Augen und presste die Lippen jedes Mal etwas härter aufeinander.

Die fröhlichen Stimmen meiner Mitschüler drangen aus dem Saal, Gläser und Geschirr klirrten, Messer und Gabel klimperten.

»Oh, mir nur ein zartes Stück von der Hähnchenbrust«, forderte ein Mädchen.

»Keine Bohnen, igitt, bitte keine Bohnen, davon bekomme ich die Furzerei«, sagte ein Junge. Ich erkannte die Stimme sofort. Es war Oskar oder Caruso, Karacho-voll-in-die-Hose.

Als ich durch die Tür treten wollte, rasselte es zu meiner Linken, zu meiner Rechten schepperte es. Zwei Lanzen kreuzten sich vor meiner Nase; dass sie mein Riechorgan nicht absäbelten, war ein Wunder. Vor Schreck ließ ich das Radio fallen.

»Autsch!«, schrie Ricky.

Die Ritter verwehrten mir den Durchgang.

»Lassen die Ritter dich nicht rein, kannst du sicher kein ...« Ricky sprach nicht weiter. »Hey, Alter, sei nicht tricky, leg dich nicht an mit DJ Ricky«, rief er stattdessen frech. »Packt eure Grillgabeln wieder ein, denn ich hab Hunger wie ein Schwein.«

Der linke Ritter, an seinem Helm wippte ein schwarzer Federbusch, senkte den Kopf und schaute nach unten zu dem sprechenden Radio. Doch die Sehschlitze in seinem geschlossenen Visier waren dunkel und leer.

Er schubste das Radio mit seiner Lanze, sodass es vornüberkippte. Ich schnappte mir schnell Ricky und schlüpfte in den Speisesaal. Die festliche Tafel war mit edlem Porzellan gedeckt. Jedes Stück des Geschirrs hatte einen Goldrand, garantiert aus echtem Gold, da war ich mir sicher. Gläser, groß wie Pokale, standen vor jedem Teller. Silberne Platten wurden herumgereicht, aus reich verzierten Krügen wurden die Gläser gefüllt – mit nichts. Luft. Trockene, staubige Luft.

Welche Uhrzeit wir genau hatten, konnte ich nicht sagen, denn die Standuhr ganz am Ende des langen Esstisches ging rückwärts, und zwar in einem Tempo, dass es mir vor den Augen flimmerte. Mein Smartphone gab schon seit dem Betreten des Schlosses keinen Mucks mehr von sich. Aber es musste tief in der Nacht sein und ich hatte nur gefrühstückt und danach im Auto eine Banane und einen Müsliriegel gegessen. Jetzt erst fiel mir auf, dass ich trotzdem keinen Hunger hatte, was wirklich höchst selten der Fall war.

»Welch köstlicher Traubensaft, nicht wahr, Rodríguez?«, seufzte Emily, die schwebende Jungfrau, und warf dem Jungen neben sich einen verliebten Blick zu.

Der gut aussehende südländische Junge schnitt sorgsam mit einem der silbernen Messer auf seinem Teller herum, der leer und sauber vor ihm stand. Er führte das unsichtbare Stück Fleisch hinüber zu Emilys Mund und forderte sie auf: »Probieren Sie, Comtessa, köstlich ist auch dieses delikate Filet vom Reh!«

Emily lachte. »Hältst du mich für blöd?«

Mir entwich ein Seufzer der Erleichterung. Okay, dachte ich, wenigstens das war nur ein Scherz und Emily hat wohl keine Lust mehr auf das Spielchen. In dem Moment sprach sie weiter: »Von dir hinterhältigem Giftmischer nimmt nicht einmal hier jemand den kleinsten Happen.«

Sobald die anderen Ricky das Radio und mich entdeckt hatten, begrüßten sie uns mit großem Hallo. Oskar oder Caruso hatte uns sogar Plätze frei gehalten, links von ihm stellte ich Ricky ab, der sofort in schönsten Reimen eine Bestellung aufgab: »Jungs und Mädels, darf ich bitten, Ricky Rocket will die Fritten, Burger dazu mit Knoblauchscheiben werde ich mir einverleiben.«

Ich setzte mich zwischen Emily und Oskar oder Caruso.

»Hey, du F…«, wollte Oskar sagen, aber Emily fuhr ihm dazwischen.

»Wenn du bei Tisch auch nur einmal das Wort Furz in den Mund nimmst, lasse ich dich den Rest der Woche nicht mehr abschreiben. Auch nicht in Physik. Ich bin nämlich die Beste in Physik«, erklärte sie mir. »Und die Zweitbeste in Chemie, da ist nur Rodríguez vor mir. Giftmischer wie er kennen sich mit allem aus, was man zusammenrühren kann.«

Der Angesprochene beugte sich nach vorne und bot mir mit einem hinterhältigen Lächeln ein Nürnberger Rostbratwürstchen an, jedenfalls behauptete er, dass ein solches auf seiner Gabel spießte. Sehen konnte ich es nicht.

Emily schob seinen Arm beiseite. »Bloß nicht, nimm niemals etwas Essbares von ihm. Er hat angeblich seine ganze Familie mit Zyankali vergiftet. Ansonsten ist er aber nett.«

»Was willst du essen?«, fragte Oskar oder Caruso, Karacho-voll-in-die-Hose. »Jeder bedient sich selbst. Die Spaghetti bolognese sind heute super.« Er zeigte auf die Schüssel vor mir.

Ich liebe Spaghetti bolognese.

Du musst sie dir nur vorstellen, dachte ich. Ich ergriff die Schüssel und nahm eine große Gabel, aber Oskar zog mir das Gefäß wieder weg. »Mist, die ist ja schon leer, leer, leer«, sagte er und schnipste dreimal mit den Fingern. Das war wohl so ein Tick von ihm. Er pfiff durch die Zähne und rief in die Runde: »Irgendwo noch Spaghetti, ihr Hosenfu...«

»Oskar!«, zischte Emily.

»Hier«, antwortete jemand am anderen Ende der Tafel.

Ein ziemlich dicker Junge in einem einfachen Leinenhemd und einer Hose, die von einem rauen Strick gehalten wurde, hob eine Schüssel in die Höhe. »Mist, ich dachte, ich könnte die noch leer futtern.«

»Das ist Bartholomäus von Eckernstein, der Knappe des letzten Ritters von Röckenpöppel«, flüsterte Emily mir zu. »Er wurde von einer ...«

Der Junge war aufgestanden und ich sah das Loch in seinem Bauch. Kreisrund und ungefähr von der Größe eines Fußballs, an den Rändern erkannte man noch die Spuren von getrocknetem Blut.

»Na, du siehst es selbst«, flüsterte Emily. »Eine Kanonenkugel. Glatter Durchschuss, aber er spricht nicht gerne darüber. Es ist ihm so peinlich, dass er danach seinem Herrn, dem Ritter Heribert von Röckenpöppel, nicht mehr so treu und ergeben dienen konnte, wie es sich für einen Knappen gehört. Wir haben alle so unser Schicksal hier.« Sie zog die Schultern hoch und hob dabei vom Stuhl ab. Für einen Moment schwebte sie, hoch und höher, fast konnte sie einen der Leuchter, die über dem Tisch hingen, berühren. »Der eine hat ein Loch im Bauch, die andere schwebt.«

Plötzlich rasten die Uhrzeiger der Standuhr zuerst in die eine, dann in die andere Richtung und pendelten sich schließlich auf genau 05:47 Uhr ein.

An den Türen tauchten die Lehrer auf, am großen Portal stand der Hausdiener.

»Husch, meine Lieben, die Sonne geht auf. Alle ins Bett«, rief Agatha Wolke.

Der Hausdiener gab nur ein missmutiges Knurren von sich.

»Komm mit, du bist auf unserem Zimmer«, sagte Rodríguez. »Ich habe vielleicht noch ein paar leckere Kekse oben. Du kannst gerne einen davon haben.«

»Äh, nein danke, sehr nett«, sagte ich, weil ich mich an Emilys Worte erinnerte.

Emily wehte vorbei und hüllte uns in eine kleine Staubwolke, die sie mit ihrem Kleid vom Tisch und den Stühlen aufwirbelte.

Ich schaute mich um und stellte fest, dass der ganze Speisesaal, in dem eben alles noch geblitzt und geblinkt hatte, unter einer dicken Staubschicht versank. Sie wuchs mit jeder Minute an. Draußen in der Halle umhüllten die beiden Ritterrüstungen dichte Spinnweben. Das Metall des Harnischs und des Kettenhemds war braun vor Rost.

Obwohl die Schüler samt den Lehrern auf dem Weg nach oben in die Schlafräume durch die Halle marschiert waren, hatte nicht einer von ihnen eine Spur in diesem grauen Belag hinterlassen.

Außer mir.

Wenn die anderen es nicht ohnehin schon längst mitbekommen hatten, mussten sie es spätestens jetzt merken, dass ich ...

Dass ich was?

Anders war.

Als sie.

Nämlich ein Mensch aus Fleisch und Blut und kein ... Gespenst.

Ich hatte es ausgesprochen. Nicht laut, nur in Gedanken, aber ich hatte das Wort benutzt.

Gespenster sind das Allerletzte, an das ich glaube.

Ich bin ein rein naturwissenschaftlich denkender Mensch, auch wenn ich im Gegensatz zu Emily immer eine Fünf in Physik habe. In Mathe auch.

Aber jetzt hatte ich es zugegeben.

Ein G-E-S-P-E-N-S-T.

Ich bin zwar schlecht in Mathe, aber ich kann eins und eins zusammenzählen: Wenn man ein Gespenst ist, dann muss man wohl oder übel auch tot sein. Ich konnte mich aber nicht daran erinnern, gestorben zu sein. Die letzten Stunden, der letzte Tag flimmerte an mir vorbei. Ich konnte mich sehr gut erinnern. Wenn mir das Lichtlein ausgeblasen worden wäre, hätte ich das doch gemerkt?! Beruhige dich, Lenny, nur die Ruhe, einen kühlen Kopf bewahren, ermahnte ich mich immer wieder, aber das war leichter gesagt als getan.

Die Ankunft auf Schloss Röckenpöppel ... der Hausdiener ... die Erhängte ... Giftmischer, Löcher im Bauch, sprechende Radios, schwebende Mädchen, Horstchen mit dem Hackebeil.

»Das legt sich ganz fix«, hörte ich die Stimme von Direktor Grünspan hinter mir. »In spätestens zwanzig Jahren hinterlässt du nur noch Spuren, wenn du es willst. Das ist ein besonders schöner Spuk, weil die meisten Menschen denken, Geister könnten keine Spuren hinterlassen. Bei Neuzugängen dauert es immer eine Weile, bis sie sich vollständig von ihrem Körper getrennt haben.«

Autsch.

Ich wollte so ziemlich alles in diesem Augenblick, nur nicht mich von meinem Körper trennen.

Im Schlafsaal Nummer 13 erwarteten mich schon die anderen. Ich teilte mir das Zimmer mit Horstchen, Rodríguez, Oskar oder Caruso, Karacho-voll-in-die-Hose und Ricky.

»Ricky könnte eigentlich auch auf dem Nachttisch stehen«, sagte Rodríguez, »aber er besteht auf einem eigenen Bett.«

Aus dem Radio drangen leise die Zeilen eines Schlafliedes. »La-le-luuuu, nur der Mann im Mond schaut zu …«

Horstchen lag bereits unter der Decke, neben seinen Kopf hatte er die Klinge des Hackebeils gebettet.

Ich setzte mich auf das erste Bett an der Tür.

Jemand schrie: »Autsch, hast du keinen Augen im Kopf?«

Ich sprang vom Bett. Jemand schubste mich. Der Lattenrost quietschte und das dicke Federbett raschelte. Im Gegenlicht erkannte ich die Umrisse einer Person, eher erahnte ich sie, denn aus mehr als den Umrissen bestand diese Gestalt nicht.

»Darf ich vorstellen«, sagte Oskar oder Caruso, Karacho-voll-in-die-Hose und zeigte auf mich. »Das ist Leonard von Hohenfurz, genannt Lenny. Und der da«, er zeigte ins Nichts, »das ist der Pirat.«

Ich spürte, wie jemand nach meiner Hand griff und sie schüttelte. »Unsichtbar zu sein hat Vor- und Nachteile«, sagte mein Gegenüber, und während er schüttelte, hörte ich, wie sein Säbel rasselte. »Du kannst mich Jimmy nennen oder einfach Pirat, ganz wie du willst. Eigentlich wollte ich eine Karriere in Hollywood machen, genau wie mein Großneffe. Ich wäre zu gerne auch auf der Black Pearl gefahren, aber wenn du unsichtbar bist, ist das nichts für den Film. Da kannst du dreimal mit einem berühmten Schauspieler wie Johnny Depp verwandt sein.«

Unsichtbar sein, dafür hätte ich gerade einiges gegeben.

Ein dumpfes Läuten ertönte. Blitzschnell verschwanden alle in ihren Betten. Sie lagen kaum, als alle Fensterläden wie von ... nun ja: wie von Geisterhand zuschlugen. Bloß aus dem Radio drang der leise Gesang herüber: »... nur der Mann im Mooond schaut zuuuu ...«

Die Zimmertür ging auf. Der Hausdiener stand da und ich war als Einziger nicht im Bett.

»Wenn die Glocke läutet, ist Tagruhe, das solltest du dir gleich merken, Neuer. Gewöhne dich besser sofort an die Regel. Für deine Prüfung morgen solltest du ausgeschlafen sein.« Der Hausdiener verschwand. Die Zimmertür schlug zu.

Es war so düster, dass ich die Hand vor Augen nicht mehr sah. Vorsichtig tastete ich mich durch den Raum. Das freie Bett war das dritte auf der linken Seite gewesen.

Der Pirat im ersten, Horstchen im zweiten, das dritte war meins. Ich legte mich hinein, niemand schrie auf. Anscheinend war ich hier richtig.

Auf dem Rücken liegend starrte ich in die Luft. Zu Hause in meinem Zimmer war es meistens auch sehr dunkel, seit ich es albern und kindisch fand, die Häschenlampe nachts anzulassen. Dort gewöhnte man sich jedoch an die Dunkelheit und konnte nach wenigen Minuten genug sehen, um sich im Raum zurechtzufinden.

Hier war es schwarz. Tiefschwarz. Undurchdringbar tiefschwarz.

Ich kroch unter das Federbett, das furchtbar aufstaubte. Es hüllte mich in eine Wolke. Ich hatte sofort Staub in den Augen und Spinnweben im Mund. Mir war beim Betreten des Zimmers gar nicht aufgefallen, dass es auf Schloss Röckenpöppel zwar eine Menge Regeln und Vorschriften zu geben schien, man es mit dem Putzen aber nicht so genau nahm.

Zudem war es kalt. Eiskalt. Kühltruheneisigkalt.

»Das ist ja eine Grabeskälte hier«, sagt Mama oft, wenn es irgendwo so richtig ungemütlich kühl ist. Genauso fühlte ich mich gerade.

Wo waren Mama und Papa jetzt wohl? Hatten sie ein Zimmer in dem Gasthof in Groß Wandelstein genommen? Oder wenigstens in Hustenburg? Dem richtigen Hustenburg?

Draußen musste es schon längst hell sein, wahrscheinlich stand Mama unter der Dusche und sang ihre schiefen Lieder, Papa häufte sich einen Berg Rühreier auf den Teller. Das tat er immer, wenn er in einem Hotel frühstückte, weil es zu Hause nie Rühreier mitten in der Woche gab.

Es war sehr still. Grabesstill. Kein Schnarchen oder Röcheln, nicht einmal Atemzüge von Horstchen oder ein Furz von Oskar. Wo waren sie bloß?

Eine Weile rührte ich mich nicht, sondern blieb still im Bett liegen. Das ist die sogenannte Steinmethode. Einfach schwer wie ein Stein daliegen und sich nicht bewegen.

Das ist nicht leicht, viele Leute werden zu schnell zappelig und dann achten sie nicht auf wichtige Kleinigkeiten. Bei einer Klassenarbeit in Mathe ist das zum Beispiel so: Wenn du die Aufgaben siehst (von denen du natürlich kaum eine kannst) und gleich stöhnst und ächzt und zappelst und dir die Haare raufst, guckt der Lehrer garantiert zu dir und behält dich im Auge. Du verrätst dich auf diese Weise als Abschreibeverdächtiger, den man hochgehen lassen kann.

Ganz ruhig bleiben, keinen Mucks machen, starr auf das Blatt schauen und so aussehen, als ob du nachdenkst – das ist das richtige Verhalten. Der Lehrer nimmt dann andere aufs Korn und du kannst seelenruhig deinen Spickzettel hervorkramen.

Hier nützte diese Methode leider nichts. Außer dass sich ein Gedanke wie eine schwarze Gewitterwolke in mein Bewusstsein schob: Morgen musst du eine Prüfung ablegen und du hast nicht ein Fitzelchen Ahnung, was da wohl geprüft wird.

Ich schob gerade die Wolke beiseite, als mir eine Idee kam. Mein Smartphone hatte zwar keinen Empfang, aber die kleine Taschenlampe daran funktionierte. Ich zog es hervor und schaltete sie ein. Und sofort wieder aus.

Ich atmete tief durch und machte einen zweiten Versuch.

Die Lampe warf nur einen schmalen Streifen Licht in den Raum. Ich leuchte von Bett zu Bett. Die Betten waren leer.

Die Messinggestelle, die vor kurzer Zeit noch im Kerzenlicht golden geschimmert hatten, waren stumpf. Über die Pfosten zogen sich dichte Lagen von Spinnweben, der ganze Raum war eingestaubt, die Tapeten hingen in Fetzen von den Wänden.

Als ich unter dem ganzen Staub die anderen Bewohner des Zimmers suchte, blieb mir wieder der Atem stehen.

In Horstchens Bett lagen seine kurzen Hosen mit den Hosenträgern und das Hackebeil, vollends verrostet, den Griff hatten die Holzwürmer aufgefressen. Im Bett von Oskar oder Caruso, Karacho-voll-in-die-Hose lagen die Reste von seinen Klamotten, bei Rodríguez war es genauso – und das Radio war nur noch ein Trümmerhaufen aus Drähten und Plastikteilen.

Ich hatte mich schon an den Anblick gewöhnt, deshalb traute ich mich, das Bett von Jimmy dem Piraten in aller Ruhe zu untersuchen. Noch nie hatte ihn jemand gesehen, nun war ich der Einzige, der sagen konnte, ob Jimmy wirklich ein Pirat war.

Er hatte die anderen Zimmergenossen nicht belogen und wahrscheinlich war er wirklich der Großonkel von Johnny Depp, jedenfalls sahen die halb vermoderten Klamotten, die in dem Bett lagen, so ähnlich aus wie die des Schauspielers aus *Fluch der Karibik*. Die mottenstichige Jacke, die bis zu den Knien reichte, das Hemd mit den Rüschen an den Ärmeln, die Stiefel mit den umgeklappten Stulpen, der Dreispitz, den er oft über dem Kopftuch trug, und die ganzen Perlen und der Klimbim, mit dem auch Captain Jack Sparrow immer behangen war.

Ich schlich mich hinaus in die Galerie, wo mich immerhin nur noch ein schummriges Zwielicht und nicht mehr diese tiefe Dunkelheit erwartete. Hier sah es nicht weniger verrottet aus, im Gegenteil.

Die Holzdielen knarrten unter meinen Schritten, und als ich auf die Treppe trat, flatterte mir eine Taube um den Kopf. Als hätte sie auf ein Ziel gewartet, gurrte sie einmal und setzte einen fetten Platscher ab, der mein Gesicht nur knapp verfehlte und auf meiner Schulter landete.

»Eine gute morgendliche Verdauung rettet den ganzen Tag«, hatte mein Opa immer gesagt. Die Taube musste nun einen tollen Tag haben.

Ich fragte mich, woher sie gekommen war. Diese Frage wurde bald beantwortet: Im Deckengewölbe der großen Eingangshalle klaffte ein Loch. Das ganze Gebäude war ziemlich ramponiert. Nichts von der Pracht, in der es bei meiner Ankunft noch gestrahlt hatte, war geblieben.

Irgendwie passte es zu meinen manchmal ziemlich schusseligen Eltern, ihren Sohn in einer Schule anzumelden, die ein Trümmerhaufen war und nur nachts von eigenartigen Wesen bevölkert wurde. Schlüssel verbummeln, das geparkte Auto nicht mehr finden oder meinen Opa an der Autobahnraststätte vergessen – das waren ihre Spezialitäten. Diese Sache hier war aber was ganz anderes. Mich beschlich das Gefühl, dass ich lieber von ihnen im Dschungel des mittleren Amazonas ausgesetzt worden wäre.

Die weitere Erkundungstour durch das Schloss und seine verschiedenen Höfe war wenig erfreulich. »Wenn du Glück hast, findest du den sagenhaften Schatz der Röckenpöppels!«, hatte Mama gesagt. Im Moment sah es mehr danach aus, dass ich hier nichts fand, sondern etwas verlor. Vielleicht mein Leben.

Überall sah es ähnlich aus – in der ehemaligen Küche löste sich ein Balken und knallte mir fast auf den Kopf. Immerhin hatte ich in der kleinen Kapelle, die sich an einen der vier Türme schmiegte, für ein paar Augenblicke Empfang auf meinem Smartphone.

So still auf einmal?, hatte Moritz zuletzt geschrieben: *Haben sie dein Handy eingesackt oder dich in den Kerker geworfen?* Bevor ich ihm antworten konnte, erlosch der eine kleine Balken, der meine einzige Verbindung zur Außenwelt dargestellt hatte.

Nach einer Weile war ich mir ziemlich sicher. Es gab genau einen Zugang zu und somit auch nur einen Ausgang aus diesem Schloss: die Zugbrücke. Im Gegensatz zu gestern Nacht war sie jedoch hochgezogen.

Das massive Rad, mit dem ein Weltmeister im Gewichtheben die Brücke vielleicht hätte öffnen können, war eingerostet und rührte sich keinen Millimeter. Drum herum zog sich der Wassergraben, der viel breiter war, als ich ihn in Erinnerung hatte.

Ich hatte genau drei Möglichkeiten.

Von den Zinnen der äußeren Wehrmauer hinunterspringen.

Ein Boot bauen.

Fliegen lernen.

Ich kletterte über Haufen aus Ziegelsteinen und losem Mörtel auf die Mauer und schaute durch eine der Schießscharten hinunter. Mir wurde schwindelig, denn ich leide unter Höhenangst. Das Dreimeterbrett im Schwimmbad ist für mich schon eine Höllenqual – bei meinem einzigen Versuch, das Zehnmeterbrett zu erklimmen, war ich schon auf halber Strecke auf der Leiter umgekehrt. Das hier waren mindestens fünfzehn Meter, wenn nicht mehr. Ich weiß, ich klinge gerade nach Weichei, aber wer eine Nacht unter Gespenstern überlebt hat, darf doch wohl auf dem Zehnmeterbrett schlappmachen, oder?

Und selbst wenn ich meinen ganzen Mut zusammengenommen hätte, von der Burgmauer gesprungen wäre und diesen Sprung überlebt hätte, hätte mir das nichts genützt: Ich kann nämlich nicht schwimmen!

(Okay, okay – vielleicht war das ein zusätzlicher Grund, warum ich auf der Leiter des Zehnmeterbretts umgekehrt war!)

Ich grübelte weiter. Ein Boot oder ein Floß hinabzulassen war unmöglich. Es blieb also nur noch: fliegen lernen.

»Was machst du denn da?«, rief plötzlich jemand.

Ich zuckte zusammen, kam ins Wanken und rutschte rückwärts die kaputten Stufen der Treppe hinunter. Unten angekommen, schlug ich mit dem Hinterkopf auf etwas Hartes. Mir wurde schwarz vor Augen.

Ich weiß nicht, ob ich lange dagelegen hatte. Als ich mich aufrappelte und die Stufen, die ich eben hinuntergepurzelt war, wieder hinaufstieg, brummte mir der Schädel. Ich spürte, wie die Beule an meinem Hinterkopf wuchs. An den Rand der Mauer traute ich mich erst einmal nicht wieder heran.

»Ist da jemand?«, rief ich stattdessen.

»Na klar«, antwortete die Stimme. »Sonst hätte ich nicht gefragt, was du da machst?«

Es musste ein Mädchen sein. Ihre Stimme klang hell und ziemlich entschieden.

»Gibt's dort oben auch Antworten?«

Was sollte ich sagen, was ich hier oben machte? Zur Schule gehen? Mit einem Haufen Gespenster Verstecken spielen? Die schöne Aussicht genießen?

»Bist du vielleicht eins von den Gespenstern?«, bohrte das Mädchen weiter. »Tagsüber hat sie noch nie jemand gesehen.«

Das war meine Chance. In der Stimme des Mädchens lag jetzt ganz klar Neugier.

»Rette mich«, sagte ich so, wie ich mir eine Gespensterstimme vorstellte, oder besser, wie jeder andere sich eine Gespensterstimme vorstellte, der kein Gespenst kannte. Ich rollte das ›R‹ und seufzte und grunzte.

»Warum sollte ich dich retten?«, fragte die Stimme. »Wenn du ein Gespenst bist, werde ich den Teufel tun, und wenn du keins bist, tue ich erst recht nichts, weil du dann offenbar ein doofer Hammel bist, der andere Leute veralbert. Ich glaube, du bist ein doofer Hammel.«

Ich sprang auf, beugte mich über die Mauer und rief: »Ich bin kein doofer Hammel.«

»Doch!«

»Nein!«

»Und warum hast du dich dann so schnell aus der Deckung locken lassen?«

Das Mädchen, zu dem die Stimme gehörte, stand unten auf der anderen Seite des Wassergrabens und stemmte die Arme in die Seiten. Neben ihm im Gras stand ein Korb mit Äpfeln.

Ich holte tief Luft. »Weil ...« Ich brach ab. Weil ich ein doofer Hammel bin, zudem einer, der nicht gerade schlagfertig ist.

»Wenn du mir nicht sofort sagst, was du da oben machst, werfe ich dich raus, da kannst du ganz sicher sein.«

»Dafür musst du erst einmal hereinkommen«, gab ich zurück. Das war ein guter Trick, fand ich. Wenn das Mädchen einen Weg herein fände, wäre das mein Weg hinaus.

»Das ist streng verboten, kannst du nicht lesen?«, sagte es. »Hast du die Schilder nicht gesehen?« Es zeigte auf ein Schild, dessen Beschriftung ich aber nicht lesen konnte, weil es mit der Rückseite zu mir stand. »Betreten strengstens verboten! Lebensgefahr!«, las das Mädchen vor. »Und außerdem gehört das Schloss mir.«

»Klar. Und ich bin der Kaiser von China.«

»Ich glaube, China hat gar keinen Kaiser«, erwiderte es. »Aber was ich ganz sicher weiß, ist, dass ich eigentlich eines Tages das Schloss bekommen sollte.«

»Das Schloss? Bekommen? Du?«

»Meine Mama und ich. Das Schloss gehört uns, aber weil wir total pleite sind, hat unsere Bank es an einen reichen Typen verkauft, und der reißt es ab und baut dann ein Schloss hin, das genauso aussieht wie das alte, nur in …« Das Mädchen schnappte nach Luft.

»… nur in neu«, ergänzte ich den Satz.

»Bis übermorgen gehört es aber noch uns.« Es stampfte mit einem Fuß auf.

Okay, irgendwem musste ein Schloss gehören, das war klar. Aber ich hatte meine Zweifel, dass diesem Mädchen ein Schloss gehörte, und dann auch noch ausgerechnet das, in das ich eingesperrt war.

»Meine Mama ist die illegitime Urururururururururururururururenkelin von Ritter Heribert, der 1620 bei der Schlacht am Weißen Berg zuerst seinen Kopf und dann sein Leben verlor.«

Wie viel ›Ur‹ es vor der Enkelin waren, hatte ich nicht mitgezählt, weil ich schon an dem Wort ›illegitim‹ hängen geblieben war.

»Du fragst dich gerade, wie viele Male du ›Ur‹ vor Enkelin setzen musst und warum wir nicht legitim sind, stimmt's?«

Legitim, illegitim – mir schwirrte langsam der Kopf.

»Meine Urururururururururururururururgroßmutter Arabella war Bäckerstochter und schrecklich in Ritter Heribert verliebt und Ritter Heribert war noch schrecklicher in meine Urururururururururururururururgroßmutter verliebt, vielleicht, weil sie den besten Apfelkuchen im ganzen Königreich backte.«

Mir dämmerte, dass Mama so etwas erzählt hatte. Ich kramte in meinem Gedächtnis.

»Und sie hatte ein blaues und ein braunes Auge«, sagte ich.

»Woher weißt du das?«

»Stimmt es oder nicht?«

»Es stimmt. Genau wie ich und wie meine Mama und wie alle Mädchen in unserer Familie. Siehst du?« Das Mädchen riss beide Augen weit auf, aber auf die Entfernung konnte ich nicht erkennen, welche Farbe sie hatten.

»Na ja, der Ritter durfte sie aber nicht heiraten, deshalb sind wir keine rechtmäßigen Röckenpöppels. Weil Arabella keine Adlige, sondern nur eine Bäckerstochter war, wenn auch die beste im ...«

»... ganzen Königreich«, murmelte ich.

»... ganzen Königreich«, sagte das Mädchen. »Übrigens, meine Mama hat letztes Jahr mit ihrem Apfelkuchen den ersten Platz belegt im Backwettbewerb um die Krone der besten Bäckerin im ganzen ...«

»... Königreich«, sagte ich.

»Quatsch, im ganzen Landkreis. Wir sind doch gar kein Königreich mehr. Auf jeden Fall können wir immer noch backen wie niemand sonst und das geheime Rezept für den Apfelkuchen meiner Ururururururururururururururgroßmutter wird in unserer Familie seit vierhundert Jahren von einer Bäckerin zur nächsten weitergegeben.«

»Und was hat jetzt der Apfelkuchen mit dem Schloss zu tun?«

»Ganz einfach. Weil es keine rechtmäßigen Nachfahren von Ritter Heribert gab, stand das Schloss leer und ist verfallen und vergammelt. Jetzt haben wir es – viel zu spät! – geerbt. Wenn der Ritter meine Ururururururururururururururgroßmutter damals geheiratet hätte, dann hätte meine Familie sich schon seit Jahrhunderten um das Schloss gekümmert und ich wäre jetzt das Schlossfräulein.«

»Das glaube ich nicht«, sagte ich.

»Okay, dann glaubst du es eben nicht«, antwortete das Mädchen, nahm den Korb mit den Äpfeln und ging davon.

»Hey, warte«, rief ich ihm hinterher. »Ich weiß nicht ...«

Das Mädchen blieb stehen, drehte sich aber nicht um.

Ich weiß nicht, wie ich aus diesem blöden Schloss rauskomme!, wollte ich sagen, aber im letzten Moment wurde mir klar, wie blöd das klang.

Sollte ich ihm erzählen, dass meine Eltern mich aus Versehen auf einer Schule angemeldet hatten, die aber leider aus einem verrotteten Schloss und einer Horde Spukgestalten bestand, von denen einige mit einem Loch im Bauch oder einem Hackebeil herumliefen? Es würde mir kein Wort glauben.

Nun drehte sich das Mädchen doch um. »Was weißt du nicht?«, fragte es. »Ich glaube es ist eine ganze Menge, was du nicht weißt, aber ...«

»Deinen Namen, deinen Namen weiß ich nicht«, unterbrach ich es, bevor es weitere gemeine Sachen sagen konnte.

»Ich heiße Apollonia, nach dem griechischen Gott, aber meine Freunde nennen mich Polly. Und mit zweitem Namen heiße ich natürlich Arabella, wie alle Mädchen unserer Familie und wie unser berühmter Apfelkuchen. Und wie heißt du?«

»Ich heiße Leonard, aber meine Freunde nennen mich Lenny den Zweiten.«

»Und wer ist Lenny der Erste?«

»Das ist eine lange Geschichte.«

Mädchen, die nach einem griechischen Gott und einem Apfelkuchen benannt sind und denen ein Schloss gehört, sagt man besser nicht, dass man selbst den Namen eines Dackels trägt.

Nach ein paar Schritten drehte sich Apollonia noch einmal um und rief: »Am besten wäre es übrigens, wenn du dich bald verdünnisieren würdest. Der neue Besitzer steht nämlich schon in den Startlöchern und er hat einen ziemlich großen Bagger mit einer ziemlich großen Abrissbirne mitgebracht und macht ...« Wütend ballte sie die Faust.

»... das Schloss platt«, sagte ich.

»Ja«, stöhnte Apollonia Arabella Apfelkuchen. »Es sei denn, wir finden noch den Schatz der Röckenpöppels oder wir gewinnen im Lotto.« Dann lief sie los und drehte sich nicht mehr um.

Es ist total langweilig, wenn man einen ganzen Tag in einer Schlossruine festsitzt. Es sah nicht danach aus, dass man hier einen Schatz finden konnte, eher eine Menge rostigen und morschen Kram für den Schrotthändler. Ich stöberte in einem Keller ein Fass auf, in dem wohl einmal Wein gelagert worden war. Es sah halbwegs stabil aus und ich überlegte, ob ich es vielleicht als Boot gebrauchen konnte. Es entpuppte sich jedoch als so schwer, dass ich es kaum bis zur Tür des Weinkellers schieben konnte. An die Stufen hinauf in den Schlosshof war gar nicht zu denken.

Immerhin lag in einem der Ställe noch ein bisschen trockenes Stroh, sodass ich weder in dem Bett voller Spinnweben noch irgendwo auf dem blanken Boden schlafen musste. Ich war todmüde und sollte die Zeit zum Schlafen nutzen. Wenn mich nicht alles täuschte, würde ich auch in der nächsten Nacht kein Auge zutun.

Ich wurde von einer nassen Schnauze und einem Grunzen geweckt.

Die Schnauze gehörte zu Lotta, dem Ackergaul, mit dem der Stallbursche Gonzo am Abend zuvor das Auto meiner Eltern abgeschleppt hatte. Gonzo war es, der mich nun mit einem erneuten Grunzen und wildem Armwedeln aufscheuchte.

»Hummmfpr, hummmfpr«, wiederholte er immer wieder.

Lotta scharrte mit dem Vorderhuf und wieherte.

Ich sah durch die offen stehende Stalltür nach draußen. Die Sonne war untergegangen und im Dämmerlicht verschwammen die Umrisse der Gebäude und Türme schon, aber es war hell genug, um zu sehen, dass das Schloss wieder in bestem Zustand war. Keine eingestürzten Gewölbe, keine bröckelnden Mauern und ich war mir sicher, dass auch drinnen der Staub und die Spinnweben wie weggeblasen waren.

Genau wollte ich das aber gar nicht wissen. Ich rappelte mich auf, klopfte mir das Stroh aus den Klamotten und trat hinaus auf den Schlosshof. Sofort erkannte ich meine Chance: Die Zugbrücke war hinuntergelassen. Hinter dem Torbogen verlor sich der Weg zwar nach wenigen Metern in dem gleichen Nebel, der auch gestern aus dem Wassergraben aufgestiegen war, aber ich wusste ja, dass ich einfach geradeaus laufen musste.

Genau das tat ich. Aus dem Stand. So schnell wie möglich, und es ist ziemlich schnell möglich, denn ich bin ein guter Läufer, besonders im Sprint. Ich rannte.

Meine Füße wirbelten über den gepflasterten Schlosshof. Er hatte einen Durchmesser von zwanzig, höchstens dreißig Metern. Aus dem Augenwinkel sah ich, dass eine Gestalt aus dem Haupthaus trat, aber ich beachtete sie nicht. Ein hämisches Lachen schallte über den Hof, die Stimme kannte ich, es war der Hausdiener Strong.

Sollte er lachen und machen, was er wollte. Treppen hinabstürzen oder sich in Staub auflösen, das war mir egal. Unter mir donnerten meine Füße auf die Holzplanken der Zugbrücke, noch fünf Meter und ich hatte es geschafft. Noch vier – drei – zwei ...

Mein Opa sagte oft, man solle den Tag nicht vor dem Abend loben.

Ich glaube, das bedeutet, dass man sich nicht freuen sollte, wenn es noch fünf, vier, drei oder zwei Meter bis zum Ziel sind, sondern erst, wenn es minus ein Meter ist oder in diesem Fall besser sogar minus hundert.

Mein linker Fuß berührte ein letztes Mal das Holz, der rechte schwebte schon in der Luft, um in der nächsten Sekunde auf dem festen Boden auf der anderen Seite aufzusetzen. Ich beugte mich nach vorne, streckte die Arme.

In einem Film würde das alles in Zeitlupe ablaufen: Langsam und langsamer würden die Bewegungen. Sogar jeder Wimpernschlag würde in einem Film jetzt Sekunden dauern. Die Zuschauer würden hören, wie das Blut in den Adern des Helden rauscht; *bum, bumbum,* hören sie das Trommeln des Herzens und das Keuchen ist so laut, als hechelte ein ganzes Rudel Wölfe durch die Nacht. Und wenn der Held dann entdeckt, dass er sein Ziel nicht erreicht oder dass der Verfolger schneller ist und ihm in den Nacken fällt und vielleicht seine Klauen in den Rücken schlägt, dann würde man seinen tiefen röhrenden Schrei hören und sehen, wie sich das Gesicht verzerrt und der Gejagte gerade noch einen Herzschlag Zeit hat, um sich zu retten oder auf ein Wunder zu hoffen.

Würde?

Wäre?

Hätte?

Der Held?

Es war genau so und es ging nicht um einen Held in einem Film, sondern um mich. Kaum hatte ich auch den linken Fuß von der Zugbrücke gelöst, umhüllte mich der Nebel.

Er roch nach faulen Eiern, was ich noch ertragen hätte. Wer jemals neben meinem Freund Moritz in der Umkleidekabine gesessen hat, wenn er die Fußballschuhe auszieht, überlebt geruchsmäßig alles. Viel schlimmer war das Gefühl, als mich etwas mit glitschigen kalten Händen an den Fußgelenken fasste. Im selben Moment spürte ich es auch an den Handgelenken.

Das Etwas zog mich in den Dunst, der sich vor mir teilte,

aber nicht den Wald oder den Weg freigab, der sich hier irgendwo befinden musste.

»Uaaarhgrarg!«, schrie mir eine Fratze entgegen. Die Schnauze der Bestie wurde groß und größer, verzerrte sich, zog sich in die Breite und stieß einen neuen Schrei aus. »Gruaargorgh!«, rief das Vieh dreimal, waberte nach links, dann wieder nach rechts und stülpte sein Maul mit Schwung über meinen Kopf.

Ich brachte nicht den geringsten Mucks hervor und versuchte nicht einmal mehr zu atmen. Einerseits war der Gestank im Rachen des Nebelmonsters unerträglich und andererseits war es sowieso egal. Was sollte ich mir die letzten Sekunden meines Lebens damit versauen, dass ich den üblen Mundgeruch dieses Wesens einsaugte?

Dann spuckte das Wesen mich aus.

Unsanft landete ich im Hof des Schlosses. Ich rappelte mich sofort auf, obwohl mir ein stechender Schmerz durch den Hintern fuhr, auf den ich volle Kanone gekracht war.

Das ist wirklich ein bisschen erniedrigend, wenn ein Nebelmonster dich angewidert wieder ausspuckt, aber besonders empfindlich durfte ich in dieser Hinsicht gerade nicht sein.

Ich machte einen zweiten Versuch und gab noch mehr Gas. Ich stellte mir vor, dass Moritz auf dem Bolzplatz Pelle und Skip den Ball abgeluchst hat, ihn ein paar Meter zu weit vorlegt und ich ihn mir nun holen muss: harter Sprint aus dem Stand.

Wieder spürte ich die Zugbrücke unter meinen Füßen, der Nebel kam näher und auch der Geruch ließ nicht lange auf sich warten. Als ich in den Dunst eintauchte, hinderte mich dieses Mal nichts und niemand, im Gegenteil, ich wurde immer schneller.

»Yihaaah!«, schrie ich.

Ein solches Tempo hatte ich noch nie hingekriegt. Es lief sich so leicht wie bei Rückenwind mit Stärke 12. Plötzlich tauchte neben mir eine Gestalt auf.

»Oh nein«, stöhnte ich und dachte: nicht schon wieder! Ich wollte nicht noch einmal von etwas Nebligem geschluckt und ausgespuckt werden.

Das passierte auch nicht, stattdessen überholte mich der Schatten und plötzlich sah ich vor mir ein wunderschönes Mädchen mit langen flatternden Haaren. Sie lächelte mich freundlich an, streckte die Arme aus.

»Leeeeenny«, sang sie in einem hohen Ton, den sie immer und immer weiter ansteigen ließ, bis er zu einem Kreischen wurde.

Ich merkte, dass ich nicht mehr geradeaus rannte. Ich hätte auch längst auf der anderen Seite des Wassergrabens ankommen müssen, das passierte jedoch nicht, weil es steil bergauf ging. Ich hatte keinen Boden mehr unter den Füßen, sondern lief auf den länger und länger werdenden Haaren des Mädchens zum Himmel hinauf.

Ohne mein Zutun änderte sich die Richtung noch einmal. Ich bewegte mich nun kopfüber in die entgegengesetzte Richtung. Ich sah, wie sich unter mir der Nebel auflöste, je näher ich dem Schloss kam. Da waren die Zugbrücke und der Torbogen, über den ich hinwegschoss. In der Mitte des Schlosshofes wirbelten meine Beine noch ein paarmal, fanden aber keinen Halt. Der Nebel und das Mädchen waren verschwunden. Ich stürzte ab.

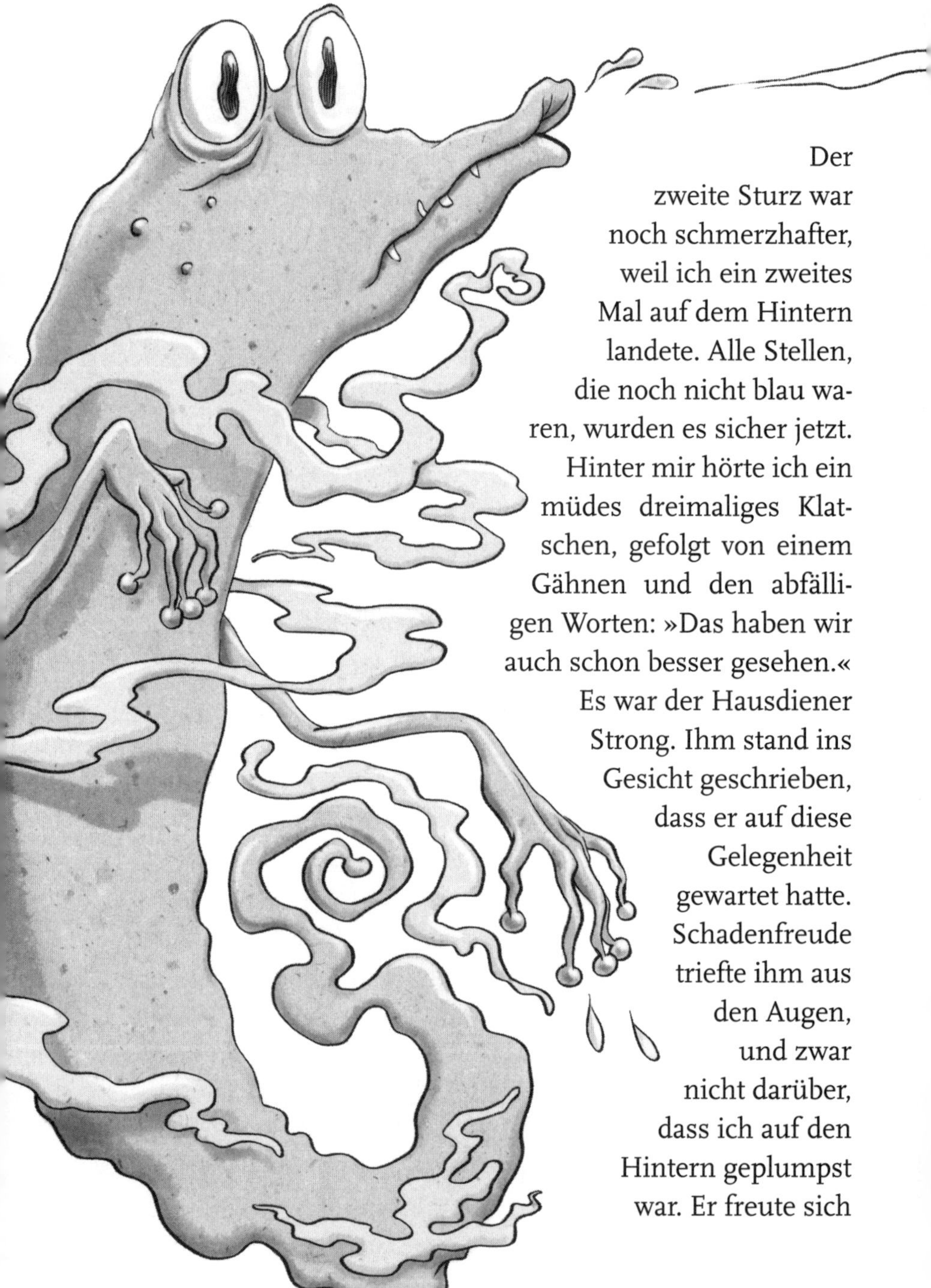

Der zweite Sturz war noch schmerzhafter, weil ich ein zweites Mal auf dem Hintern landete. Alle Stellen, die noch nicht blau waren, wurden es sicher jetzt. Hinter mir hörte ich ein müdes dreimaliges Klatschen, gefolgt von einem Gähnen und den abfälligen Worten: »Das haben wir auch schon besser gesehen.« Es war der Hausdiener Strong. Ihm stand ins Gesicht geschrieben, dass er auf diese Gelegenheit gewartet hatte. Schadenfreude triefte ihm aus den Augen, und zwar nicht darüber, dass ich auf den Hintern geplumpst war. Er freute sich darüber, dass er mich erwischt hatte. »Der junge Herr Graf wollte doch wohl nicht dieses ehrenwerte Institut verlassen?«

»Ich … ich …« Mir fiel, nachdem ich innerhalb von wenigen Minuten gleich zweimal von ziemlich nebligen Monstern ausgetrickst worden war, keine schlagfertige Antwort ein.

Strong lachte böse. »Und komm mir nicht damit, dass du nur mal draußen Luft schnappen wolltest.«

Genau das hatte ich mir gerade als Ausrede zurechtgelegt.

»Unser neuer Schüler hat also Bekanntschaft mit den reizenden Elementargeistern aus dem Burggraben gemacht?«, fragte Direktor Grünspan, nachdem das Frühstück beendet war. »Horatio und Gwendoline schlagen gelegentlich etwas über die Stränge. Keiner weiß, wie sie in den Burggraben gekommen sind und wer sie einmal waren, aber sie tun redlich ihren Dienst. Mittlerweile hören sie sogar auf die Namen, die wir ihnen gegeben haben.«

Strong hatte dafür gesorgt, dass ich zur Strafe für meinen Ausbruchsversuch kein Frühstück bekam, was nicht viel ausmachte, denn es bestand genau wie das Abendessen aus Luft. Zwar seufzten alle vor Begeisterung, als die heiße Schokolade serviert wurde und frische Milchbrötchen mit und ohne Rosinen herumgereicht wurden, aber für mich waren die silbernen Brotkörbe und Kakaokannen das, was sie waren: leer.

»Kann ich Pancakes mit Ahornsirup haben?«, rief das Radio.

»Na klar«, antwortete Rodríguez, »die besten Pfannkuchen der Welt sollst du bekommen und ich träufele dir persönlich den Sirup darauf.«

Ricky lehnte das jedoch ab.

»Horatio hat ihn verschluckt und ausgespuckt«, petzte der Hausdiener.

Ein entsetztes Raunen ging durch den Raum. Obwohl es schon auf Mitternacht zuging, saßen alle Schüler und ebenso die Lehrer noch im Speisesaal. Wenn mich nicht alles täuschte, war das so etwas wie eine Schulkonferenz, und ich wusste, dass das auch hier nichts Gutes bedeuten konnte.

»Horatio nur jemanden frisst, der aus Haut und Haaren ist. Fleisch und Blut, die müssen sein, nur Menschen saugt er in sich ein«, gluckste es vergnügt aus dem Radio.

»Heiliger Flatulenzius von und zu Pups!«, flüsterte Oskar oder Caruso, Karacho-voll-in-die-Hose neben mir. Seine Finger konnte er kaum ruhig halten, wild schnipste er links und rechts. Emily warf die Hand vor den Mund, Horstchen umklammerte sein Hackebeil.

»Jetzt ist mir einiges klar«, bemerkte Agatha Wolke. »Der Junge war außergewöhnlich schwer für einen von uns, als ich ihm die Schlinge um den Hals gelegt habe.«

»Aha, werte Kollegin, Sie haben ihn also in Ihrem Unterricht erhängt?«, fragte Direktor Grünspan.

»Ich habe ihn in der ersten Stunde noch geschont. Sie wissen selbst, werter Herr Direktor, dass die Fertigkeiten, die ich unterrichte, einfacher wirken, als sie sind. Um ein guter Erhängter zu werden, braucht man ...«

»Nicht jetzt, Frau Wolke, bitte keine Vorträge!«, würgte der Direktor sie ab.

»Nein, ich habe ihn nicht erhängt«, gab Frau Wolke die gewünschte Antwort. »Sonst hätte ich ja gemerkt, dass er nicht tot ist.«

»Nicht tot?«, rief der Knappe Bartholomäus von Eckernstein. Er hatte bisher nonstop irgendwelche essbaren Dinge in sich hineingestopft, die ich nicht sehen konnte. Er verschluckte sich, hustete und prustete. Sein Tischnachbar schlug ihm fest auf den Rücken und Bartholomäus spuckte den unsichtbaren Brocken auf den Tisch.

»Iiiih, Fleischwurst!«, schrien die Zwillinge, die ich in der Nacht zuvor beim Treppensturz beobachtet hatte.

»Auweia«, sagte Oskar oder Caruso, Karacho-voll-in-die-Hose zu mir. »Das gibt Ärger. Schade, ich fand dich echt nett.«

»Das hat es ja noch nie gegeben«, polterte eine Donnerstimme hinter mir. »Kaum ist man ein paar Tage aus dem Haus, tanzen die Mäuse auf dem Tisch.«

»Iiiiih, Mäuse!«, schrien die Zwillinge und sprangen auf ihre Stühle.

Alle anderen drehten sich um. Ich auch.

Da stand eine echte Erscheinung: ein bärtiger Mann mit buschigen Augenbrauen. Über seinem Kettenhemd trug er eine Art ärmellosen Überwurf, der mit einem großen dunkelblauen Kreuz verziert war. Die Beine des Ritters steckten in hoch geschnürten Stiefeln aus grobem Leder. An seiner Seite hing ein mächtiges Schwert in der Scheide. In der rechten Hand hielt er einen Schild mit dem Wappen der Grafen von Röckenpöppel, das ich schon hier und da im Schloss gesehen hatte.

Und jetzt kommt es: Unter dem linken Arm trug er

seinen Kopf, der in einem Helm mit gelben, weißen und blauen Federn obenauf steckte.

Alle Anwesenden standen auf und verneigten sich, sogar Angus Strong deutete so etwas wie einen Diener an. Ich tat, was alle taten, das schien mir in diesem Augenblick das Vernünftigste zu sein.

»Das ist Ritter Heribert, dem haben sie in einer Schlacht den Kopf abgehauen«, raunte mir Oskar oder Caruso, Karacho-voll-in-die-Hose zu. In Anwesenheit des ehrenvollen Ritters benutzte er keines seiner Lieblingsworte mit P oder F.

Jetzt erinnerte ich mich an das Gemälde in der Galerie im ersten Stock und die Bildunterschrift: *Ritter Heribert, kaiserlicher Rat, der in der Schlacht am Weißen Berg zuerst den Kopf und dann das Leben verloren hat.* Kein Wunder, ohne Kopf lebte es sich schlecht, andererseits schien der Ritter halbwegs guter Laune zu sein.

Außer dass ihn sein ständig hinunterklappendes Visier nervte.

Er stapfte auf mich zu und hielt mir seinen Kopf hin. »Zieh mal dran«, befahl er in einem Donnerton. Der Tonfall ließ keinen Zweifel, dass man seinen Anweisungen zu folgen hatte.

Ich umfasste den Helm mit beiden Händen, Ritter Heribert packte seinen Kopf am Kinn, zog einmal fest und – *flutsch!* – hatte er das Problem gelöst. Er klemmte sich den Kopf wieder unter den Arm und ich stand mit seinem Helm da. Die Federn kitzelten mich in der Nase.

Die anderen Schüler schauten mich neidisch an. Offensichtlich war es eine besondere Ehre, dem Ritter aus dem Helm helfen zu dürfen.

»Wer bist du überhaupt? Wenn du nicht so schreckliche Gewänder trügest, könntest du mein Knappe werden«, dröhnte der Ritter.

Ich fand meine Klamotten cool, außer dass alles mittlerweile ein wenig müffelte.

»Nun gut, auf jeden Fall besser als dieses schreckliche sprechende Kästchen.« Der Ritter zeigte auf das Radio.

Ricky knisterte, reimte aber keinen Vers.

Direktor Grünspan trat vor und verbeugte sich vor dem Ritter. »Willkommen, edler Ritter. Wir hatten Ihro Gnaden noch gar nicht zurückerwartet, aber es ist gut, dass Ihro Gnaden da sind, weil wir ein Problem haben.«

»Ihr wisst doch, Freunde, dass der alte Heribert immer Heimweh hat«, erklärte der Ritter. »Ich habe es schlichtweg in der Fremde nicht mehr ausgehalten. Und jetzt hör auf, so hochgestochen zu quatschen, Theo, das hält ja kein Mensch aus ...« Der Ritter stockte. »Mensch? Habe ich Mensch gesagt?« Er prustete und prustete und lachte lauthals los. Sein Kopf plumpste auf den steinernen Fußboden, aber der Ritter lachte weiter. Er hielt sich mit beiden Händen den Bauch.

Der Direktor lachte, Agatha Wolke lachte, sogar Horstchen mit dem Hackebeil verzog sein trauriges Gesicht zu einem Lächeln. Dann fielen alle in das Gelächter ein, sogar ich, obwohl ich keine Ahnung hatte, worum es ging.

»Hach, so ein Witz. *Mensch* ... Das hält ja kein *Mensch* aus«, wiederholte er noch einmal, verstummte dann aber von einer Sekunde auf die andere und stieß ein wütendes »Haaaaaaarrrrh!!!« aus.

Sofort war es mucksmäuschenstill. Nur das Kettenhemd

klimperte leise, als Ritter Heribert mit drei Schritten auf mich zustapfte und dröhnte: »Hier gibt es keine Menschen ...«, er fasste mich an beiden Schultern und schüttelte mich, »... sondern nur Gespenster.«

Wenn jemand von euch denkt, dass Gespenster schlappe Wesen aus nichts und ein bisschen Dunst sind, kann ich ihm jetzt sagen: falsch gedacht! Der Ritter konnte ganz schön fies zupacken und ich wollte lieber nicht herausfinden, ob sein Schwert hart und scharf genug war, um auch andere in einen kopflosen Zustand zu bringen.

Jeder weiß, was man in einer solchen Situation am besten macht. Alles abstreiten. Tun, als wüsste man von nichts. Vielleicht auch lügen, aber immer hart an der Wahrheit entlang, sonst kommt man durcheinander und verrät sich selbst. Damit waren Moritz und ich sogar aus der Sache mit der Sporthalle gekommen, die neu gestrichen werden musste, nachdem wir dort verbotenerweise übernachtet hatten.

»Also, was hast du hier zu suchen?«, blaffte der Ritter, der inzwischen von mir abgelassen und sich seinen Kopf wieder geschnappt hatte.

»Ich gehe hier in die Schule.« Das war schon mal eine absolut richtige und wahrheitsgemäße Antwort.

»In die Schule?«

Ich nickte. Nichts sagen ist immer am ungefährlichsten. Nichts sagen oder Gegenfragen stellen, das ist auch nicht schlecht.

»Ausgerechnet in diese Schule?«

»Warum nicht?«

Gegenfrage. Geschickt pariert.

»Weil es eine Schule für Gespenster ist.« Der Ritter stemmte die Fäuste in die Seiten, wieder fiel sein Kopf hinunter. »Hoppla«, sagte sein Kopf.

Ich fasste allen Mut zusammen und hob den Kopf auf. Der Ritter starrte mir mit weit aufgerissenen Augen ins Gesicht und schnappte zweimal nach Luft.

Eine Welle des Entsetzens brandete durch den Raum. Das hatte wohl noch nie jemand gewagt. Ich legte Ritter Heriberts Kopf auf den Tisch und war ein bisschen stolz auf mich, weil ich mich das getraut hatte.

Das stolze Gefühl ließ schnell nach.

Den Wutausbruch des Ritters kann ich kaum mit Worten beschreiben. Seine Flüche hallten durch das ganze Schloss und sämtliche Schüler verkrochen sich unter den Tischen, auch ein paar der Lehrer. Eigentlich blieben nur Direktor Grünspan und Angus Strong auf ihren Plätzen, allerdings hielten sie sich die Ohren zu.

Ritter Heribert ließ offenbar nicht mit sich scherzen, wenn es um seinen Kopf ging, und irgendwie konnte ich es verstehen.

»Furzkanonendonnerschlag«, wisperte jemand voller Ehrfurcht unter dem Tisch hervor. Ich konnte mir denken, wer es war.

»Knappe Lenny ist nicht dumm, fackelt gar nicht lange rum. Den Kopf des Ritters schnappt er sich und legt ihn einfach auf den Tisch.« Auch Ricky hatte ich beeindruckt.

Die anderen krochen nun wieder vorsichtig unter den Tischen hervor. Emily warf mir bewundernde Blicke zu, vielleicht waren sie sogar ein bisschen verliebt. In diesem Moment hatte ich keine Zeit, mir darüber genauere Gedanken zu machen.

»Der Ritter leidet unter Stimmungsschwankungen, schlimmer als jedes Burgfräulein«, flüsterte Emily mir zu. »Himmelhoch jauchzend, zu Tode betrübt. So ist es immer. Deswegen war er auch so lange weg. Er musste einfach mal ausspannen.«

Scheinbar hatte es nicht viel genützt. Nachdem Ritter Heribert sich wieder beruhigt hatte, setzte er sein Verhör fort. »Bist du ein Gespenst oder nicht?«, fragte er geradeheraus.

Was jetzt? Nichts sagen? Lügen? Gegenfrage? Damit kam ich nicht weiter, deshalb entschied ich mich für ausweichen. Möglichst viel quatschen und nichts sagen, jedenfalls nichts, was mit der Frage zu tun hat. Irgendwann geben die Leute auf.

»Werter Ritter Heribert«, sagte ich und versuchte, genauso wichtig zu klingen, wie Direktor Grünspan es getan hatte. »Ich gehöre dem uralten Geschlecht der Grafen von Hohenklaue an, schon mein Urahn Arthur von Hohenklaue, Sohn des siebzehnten Grafen von Hohenklaue, war Schüler dieses Instituts und hat mit Bestnoten abgeschlossen.«

»Aha«, sagte Ritter Heribert, »ein Hohenklaue bist

du also? Bilde dir da mal nichts drauf ein. Die Röckenpöppels hätten die Hohenklaues bei jedem Turnier aus dem Feld gestochen, leider sind wir etwas zu früh ausgestorben.«

Der Ritter brach ohne Vorwarnung in Tränen aus. Er weinte im wahrsten Sinne des Wortes Rotz und Wasser. Vor allem Rotz, sehr viel Rotz, was ein bisschen eklig war.

»Siehst du«, flüsterte Emily, »habe ich es nicht gesagt. Die Kur hat nichts genützt. Himmelhoch jauchzend und zu Tode betrübt. Immer noch dasselbe. Er kommt nicht darüber hinweg, dass die Röckenpöppels ausgestorben sind.« Sie reichte dem Ritter eine Stoffserviette.

»Halt mal«, sagte der Ritter und reichte mir seinen Kopf.

Ich hielt ihn mit beiden Händen und er wischte sich mit dem Tuch durchs Gesicht und nahm seinen Kopf wieder.

So viel kann ich sagen: Wenn man das zweite Mal den Kopf von einem Kopflosen in den Händen hält, fühlt es sich fast normal an. Jedenfalls um kurz vor Mitternacht in einem tagsüber verfallenen Schloss, das nachts ein Eigenleben entwickelt. War es vielleicht sogar ein gutes Zeichen, dass der Ritter mir seinen Kopf anvertraute?

Das war es nicht.

»Wenn ich mich einmischen darf, Ritter Heribert«, sagte der Hausdiener, der die ganze Zeit still im Hintergrund gestanden und alles beobachtet hatte. »Vielleicht ist dem ehrenwerten Herrn Direktor bei der Einschulung dieses Rotzlümmels ein Fehler unterlaufen.« Bosheit und Schadenfreude trieften aus seinen Worten.

Ritter Heribert wandte sich Direktor Grünspan zu: »Theo, hat unser werter Hausdiener recht oder stimmt das, was der junge Herr Leonard sagt? «

Theoderich Grünspan schaute mich an. Sein Blick bohrte sich in meinen. Der weiße Haarschopf stand steil in die Höhe. »Natürlich stimmt es, was der Junge sagt. Ich habe alles genau geprüft, es kann kein Versehen vorliegen und schon gar kein Fehler! Das ist Leonard von Hohenklaue, der neue Schüler auf Schloss Röckenpöppel. Wir freuen uns sehr, dass wir ihn hierhaben, schließlich ist er der erste Neuzugang, seit unser reizender Ricky vor fast sechzig Jahren eingeschult wurde.«

Das Radio knisterte und dudelte eine Melodie.

»Ruhe!« Ritter Heribert schlug auf den Tisch. »Pfff, dieser neumodische Kram. Radiogeister, wo gibt es denn so etwas? Nun gut, Theo, du hast diese Schule schon zweihundertfünfzig Jahre gut geleitet ...«

»Zweihundersiebenundfünfzig Jahre«, verbesserte der Direktor den Ritter.

»In Ordnung, alter Korinthenkacker«, seufzte Ritter Heribert, »dann eben zweihundertsiebenundfünfzig Jahre. Jedenfalls hat es in dieser Zeit nie einen Menschen aus Fleisch und Blut an unserer Schule gegeben.«

Der Direktor lächelte, und als Ritter Heribert einen kurzen Moment nicht hinschaute, streckte Theoderich Grünspan dem Hausdiener die Zunge heraus. Es schien so, als könnten die beiden sich nicht so richtig gut leiden, das war mir vorher noch gar nicht aufgefallen.

»Aber die Elementargeister im Wassergraben sind doch noch nie über einen von uns hergefallen.« Der Hausdiener gab noch nicht auf.

»Strong, Sie wissen ganz genau, dass es bei Frischlingen zu Verwechslungen kommen kann, ganz genau wissen Sie das«, wies der Direktor den Hausdiener zurecht. »Wenn ein Gespenst und der Körper des Menschen sich erst vor Kurzem getrennt haben, kann das passieren.«

»Wie bist du denn ums Leben gekommen?«, fragte mich Ritter Heribert.

Ich schluckte. »Ein ... Un...äh...fall?« Das klang nicht sehr überzeugend.

»Von der Kutsche überrollt oder vom Ross gefallen?«, fragte der Ritter.

»Eiswagen«, brachte ich mit etwas festerer Stimme vor.

»Pfff, dieser neumodische Kram. Noch schlimmer als Radiogeister.«

Ich spürte, dass diese magere Erklärung noch nicht ausreichte. Beim gekonnten Erfinden braucht man Details, die eine Geschichte glaubwürdig machen. In meiner früheren Schule war im letzten Jahr ein Schriftsteller zu Besuch gewesen, der uns vorgelesen hat, und der hat genau das gesagt. Eine gute Story lebt von den vielen Kleinigkeiten, die aus irgendeiner erfundenen Spinnerei etwas machen, das man für bare Münze nimmt.

»Äh ... es war ein ...« Plötzlich hatte ich die Idee. »Es war ein Eiswagen. Ich wollte die kleine Chantal von unserer Nachbarin, Frau Bertram, retten. Die kleine Chantal war nämlich auf die Straße gelaufen und dann kam der Eismann, bimmelte mit seiner Eismann-Klingel und ich bin los, hab das Kind gerettet und – *bums!* – hat's mich erwischt.« Zur Bekräftigung schluchzte ich einmal laut.

Der Hausdiener gab nicht auf. »Der Kerl hat aber keine Schrammen.«

»Vielleicht sind es nur innere Verletzungen«, sprang Emily bei. »Als mein Kleid sich im Windrad der Mühle unseres Pächters verfing, mich hoch in die Lüfte zog und ich dann hinabfiel, sah man mir auch nichts an. Nur mein Kleid war zerrissen. Und ich war nach dem Sturz tot.« Sie dreht sich um die eigene Achse und nun sah ich, dass ihr Kleid auf dem Rücken zerfetzt war.

»Schluss jetzt«, sagte Direktor Grünspan. »Ich darf außerdem darauf hinweisen, dass wir die Aufnahmeprüfung noch gar nicht durchgeführt haben – also ganz streng genommen ist Leonard von Hohenklaue noch gar kein ordnungsgemäßer Schüler auf Internat Schloss Röckenpöppel. Die Prüfung wird heute zu Beginn des Unterrichts stattfinden. Alles Weitere wird sich dann zeigen …«

Wie auf ein Kommando rasselte die Standuhr, die Zeiger bewegten sich in rasantem Tempo in alle Richtungen, blieben auf der Zwölf stehen. *Dong! Dong! Dong!* … schallten die Schläge des Läutwerks durch den Saal und schlugen zur Mitternacht. Die Geisterstunde hatte begonnen.

Direktor Grünspan zog sich mit den Lehrern und Ritter Heribert ins Lehrerzimmer zurück. Mir und den anderen Schülern befahl er, im Klassenzimmer zu warten, bis er sich mit dem Kollegium und dem Burgherrn das Prüfungsprogramm für mich ausgedacht hatte.

»Mach dir nicht ins Hemd«, sagte Emily. Sie kurvte mit ihrem wehenden Kleid dreimal um das Lehrerpult und hatte meinen besorgten Blick bemerkt. »So etwas musst du sicher nicht können!« Nun schwebte sie hinauf zur Decke, breitete die Arme aus und es wirkte, als läge sie auf dem Boden und man hätte das Zimmer auf den Kopf gedreht.

»Die meisten von uns entwickeln bald eine besondere Stärke, mit der spukt man dann den Hauptteil der Zeit herum«, sagte Jimmy von irgendwoher. »Wofür man den ganzen Rest lernen soll, weiß keiner so genau.«

Da unterschied sich diese Schule nicht so sehr von meiner bisherigen. Ich kann Fußball spielen und Biologie und ich finde, das ist schon ziemlich viel. Mathearbeiten bleiben mir deshalb aber nicht erspart.

»Horstchen, zeig mal, was du draufhast«, sagte Jimmy.

Horstchen trat aus der Schulbank, versteckte sein Beil hinter dem Rücken und begann zu weinen. Laut und jämmerlich heulte er los, ging dabei auf mich zu, schniefte und schaute aus nassen, traurigen Augen zu mir auf.

Ich konnte mir richtig vorstellen, wie die Erwachsenen vor Mitleid zerflossen, wenn der arme traurige Junge auf sie zukam. Mitten in dieser Vorstellung holte Horstchen ohne Vorwarnung das Beil hervor, hob es weit über den Kopf, um es dann mit Schwung vor mir niedersausen zu lassen. Sein Gesicht verzerrte sich dabei zu einer grauenvollen Maske.

Ich machte einen großen Satz rückwärts und fiel fast auf den Hosenboden.

Horstchens Tränen versiegten von einer Sekunde auf die andere. Er setzte sich zurück in die Schulbank. »War das gut?«, fragte er.

»Sehr gut«, sagte Rodríguez.

Horstchen klatschte begeistert in die Hände. »Horstchen ist ein guter Hackebeilgeist«, rief er mit seiner Babystimme.

»Stell dir vor, du begegnest Horstchen nachts im dunklen Flur eines alten Gasthofes auf dem Land«, sagte Rodríguez. »Einen Eins-a-Schreck würdest du kriegen.«

»Und was könnt ihr?«, fragte ich die anderen.

»Bartholomäus ist ein Polterer, er lässt seine Kanonenkugel am liebsten die Treppen hinunterrollen«, sagte Rodríguez. »Emily hast du ja schon gesehen, die schwebende Jungfrau. Was Ricky kann, ist auch klar, oder fändest du es als Mensch nicht gruselig, wenn so ein Kasten plötzlich zu dir spricht?«

»Ich bin ein Flüsterer«, flüsterte mir jemand mit verstellter Stimme ins Ohr. Es hörte sich fast an, als säße er mitten in meinem Gehörgang. »Fünfzehn Mann auf des Totenmannes Kiste, johooo, und 'ne Buddel voll Rum«, schmetterte er ein Piratenlied und ich wusste nun, von wem das kam. Unsichtbar zu sein hat einen großen Vorteil, stellte ich fest.

Im nächsten Moment polterte ein Stapel Bücher aus dem Regal und der Zeigestock, der an der Tafel gelehnt hatte, sauste auf die Tischplatte. »So etwas kann ich natürlich auch«, rief Jimmy.

»Den Großfürstinnen bist du schon auf der Treppe begegnet. Das ist Myschka«, stellte Rodríguez die ein wenig kleinere der beiden vor.

»Und ich bin Malyschka«, sagte die andere.

Wie auf Kommando lachten sie und drehten ihre Köpfe zur Seite. Sie machten aber nicht halt, als sie sich über die Schulter ins Gesicht schauten, sondern bewegten den Kopf einfach weiter. Sie blickten nach hinten und drehten und drehten. Die Sehnen und die Haut verdrillerten sich. Als

ihre Köpfe einmal die komplette Runde gemacht hatten und die Mädchen mich wieder anschauten, kreischten sie und ließen ihre Köpfe zurückflitschen. Blitzschnell fanden sie ihre ursprüngliche Position wieder und wippten nur ein kurzes bisschen nach.

Ich schluckte und griff mir unwillkürlich an die Kehle.

Oskars Fähigkeit hatte ich schon bei meiner Ankunft kennengelernt; was Rodríguez' spukhafte Spezialität war, erfuhr ich in diesem Augenblick nicht mehr, denn durch die geschlossene Tür trat der Hausdiener in das Klassenzimmer.

»Du wirst erwartet«, sagte Angus Strong.

In der Eingangshalle saßen Direktor Grünspan und die beiden Lehrerinnen Agatha Wolke und Fräulein Weichbrodt in hohen Lehnsesseln, jeder von ihnen hielt eine Ledermappe mit einigen Papieren darin in der Hand. Ritter Heribert lehnte sich mit einem Ellbogen an die Kaminumrandung, seinen Kopf hatte er auf dem Sims abgelegt. Der Hausdiener stellte sich hinter die vierte Sitzgelegenheit, die jedoch leer blieb.

Zuerst dachte ich, dass es vielleicht einen weiteren Lehrer gab, der genau wie Jimmy unsichtbar war, aber der Direktor klärte mich darüber auf, dass dies eigentlich der Platz von Professor Isidor Rasenfein sei, der *Geräuschspuk* unterrichtete, derzeit aber verhindert sei.

»Er ist nicht verhindert«, flüsterte mir Jimmy ins Ohr.

Ich zuckte zusammen.

»Rasenfein ist letzte Woche zur Konkurrenz nach Gut Eselsberg abgehauen. Dort behaupten sie, die beste Schule für Gespensterkinder zu haben, aber das ist natürlich Quatsch. Wir haben schon drei Jahre hintereinander den großen Schulwettbewerb gewonnen«, informierte Jimmy mich.

»Ist etwas?«, fragte der Direktor.

»Lass dir nichts anmerken, ich helfe dir ein bisschen«, flüsterte es wieder, gefolgt von einem leisen Lachen.

»Was göbt es zo lochen?«, fragte Fräulein Weichbrodt.

Ich räusperte mich: »Äh, nichts.«

»Gut, dann beginnen wir. Wir werden von dir nicht mehr verlangen als von allen anderen Neuzugängen, kein Zauberwerk, aber ein paar Mindestanforderungen müssen schon sein. Ich hoffe, du hast deinen Vortrag mitgebracht?«

Ich schluckte. Vortrag? Welchen Vortrag?

Da ich nicht sofort antwortete, half mir der Direktor auf die Sprünge. »Es steht in den Aufnahmebedingungen. Paragraf neunundsiebzig, Absatz zwölf, Punkt drei.«

Zu Hause hatte niemand etwas von einem Vortrag gesagt und von Aufnahmebedingungen auch nicht. Allerdings wunderte es mich nicht. Mein Vater tat sich schwer mit jeder Form von Formalitäten.

»Äh, ja ...«, sagte ich, um Zeit zu gewinnen.

»Welches Thema hast du dir ausgesucht?«, fragte Agatha Wolke. »Es ist wichtig, dass du ein zugelassenes Thema gewählt hast. Vor geraumer Zeit mussten wir einen sehr talentierten jungen Mann ablehnen, weil er einen Vortrag über Vampire und Werwölfe halten wollte, wie hieß er doch gleich?« Sie grübelte einen Moment und rief dann aus: »Stoker, Bram Stoker, ein reizender Engländer. Jedenfalls sind Vorträge über Vampire nicht zugelassen, das ist Firlefanz. Wer glaubt schon an Vampire?«

Mein Blick schweifte durch den Raum. Wo war bloß

Jimmy, vielleicht konnte er mir helfen? Die anderen Schüler standen alle oben im ersten Stock auf der Galerie und schauten gespannt herunter.

»Vielleicht der Werdegang eines berühmten Gespenstes?«, fragte Direktor Grünspan. »Oder die Übersetzung der gesammelten Flüstersprüche aus Russland?«

»Oh ja!!!« Frau Weichbrodt klatschte begeistert in die Hände.

»Die russischen Flüsterspuksprüche?«, fuhr Agatha Wolke dazwischen. »Das können Sie doch von niemandem verlangen, das ist doch wirklich todlangweilig, ich bitte Sie! Du kannst natürlich auch eine sehr spukige Spukgeschichte, bei der uns allen eine Gänsehaut über den Rücken läuft, erzählen. Ohne Gänsehaut hast du allerdings nicht bestanden.«

»Gönsehaut moss sain«, stimmte Fräulein Weichbrodt zu.

»Geht es bald los?«, fragte Ritter Heribert. »Ich will hier keine Spinnweben ansetzen, außerdem ist die Zeit bald um.« Er zeigte auf die Uhr, die neben seinem Kopf auf dem Kaminsims stand. »Mir hat seit zweihundert Jahren niemand mehr eine Gänsehaut über den Rücken gejagt.«

»Oh, schon fünf nach zwölf«, rief Direktor Grünspan aus. »Also gut, wir stehen unter Zeitdruck, schnell die Prüfungen, damit wir dann genug Zeit für den Vortrag haben. Können wir beginnen, Frau Wolke?« Er machte eine auffordernde Geste.

Agatha Wolke erhob sich und kramte unter der Schürze das Seil hervor, das ich schon in ihrem Unterricht gesehen und am Hals gespürt hatte. Mit einem geschickten Wurf beförderte sie das verknotete Ende hoch hinauf zu dem Kerzenleuchter, dort schlang es sich um einen der eisernen Arme und sauste wieder hinunter.

»Bitte schön.« Die Lehrerin hielt mir die Schlinge hin.

Ich stand da und sagte nichts und tat nichts. Obwohl mir klar war, was ich tun sollte.

»Um den Hals«, sagte der Hausdiener. Bisher hatte er sich alles still angeschaut, aber nun konnte er seine Vorfreude kaum mehr verbergen.

Mir war klar, dass ich bereits bei der ersten Prüfungsaufgabe durchfallen würde. Das machte dann allerdings nicht mehr viel, weil ich den weiteren Verlauf der Prüfung sowieso nicht mehr erleben würde. Es sei denn, ich verwandelte mich genau in dem Moment, in dem mir die Luft ausging, in ein echtes Gespenst.

Eine Wahl blieb mir allerdings nicht, denn Agatha Wolke hatte mir den Strick schon umgelegt. »Und bitte hübsch gruselig dabei aussehen, das zählt in der Punktwertung auch. Wir machen das nicht zum Vergnügen, sondern um die Leute zu erschrecken. Keine Faxen machen, klar? Ein guter Erhängter lacht nicht, erzählt keine Witze und benutzt das Seil auch nicht für irgendwelche akrobatischen Einlagen.«

Das würde ich bestimmt nicht tun.

Der Strick kratzte an meinem Hals. Die Lehrerin straffte das Seil. Die Schlinge zog sich zu, die Luft wurde knapp, ich saugte noch so viel wie möglich davon ein. Ich spürte sofort, wie mir die Hitze in den Kopf stieg. Lange hielt das keiner aus. Äh – kein Mensch jedenfalls.

Ich kann ziemlich lange die Luft anhalten. An einem Seil hängen und keine Luft mehr zu kriegen ist jedoch eine andere Sache. Und erst recht, wenn man dabei schön gruselig aussehen soll.

»Nicht so mit den Beinen zappeln«, rief Agatha Wolke. »Keine schöne Gruselleiche, die von der Decke hängt, zappelt mit den Beinen.«

»Urghs«, war meine Antwort.

»Wenn du nicht aufhörst zu zappeln, gilt die Prüfung als nicht bestanden«, sagte der Direktor.

Mir war völlig klar, dass ich sehr bald nicht mehr zappeln würde, den Grund kann man sich denken. Plötzlich drang jedoch wieder Luft in meine Lungen. »Hiiech«, saugte ich sie geräuschvoll ein.

Ich fühlte mich leicht, das Seil drückte nicht mehr auf meine Kehle. Es war, als schwebte ich, dann spürte ich aber, dass ich nicht schwebte, sondern getragen wurde. Jemand hatte sich unter meine Füße geschoben und drückte mich sanft und fast unmerklich nach oben.

»Boah, bist du schwer«, hörte ich eine Stimme zischen.

»Wie bitte? Hat da jemand etwas gesagt?«, fragte Agatha Wolke. Sie schaute hinauf zu der Galerie, wo die anderen die Köpfe schüttelten.

»Furzkanone und Pupsparade«, rief Oskar oder Caruso, Karacho-voll-in-die-Hose. »Das sieht doch super aus?!«

»Das entscheidet nicht ihr da oben«, knurrte der Hausdiener.

Die anderen klatschten Beifall, was die Aufmerksamkeit von mir ablenkte. So konnte ich mich besser auf den Schultern von Jimmy ausrichten, und als die Lehrer mich wieder anschauten, konnte ich wenigstens für eine halbe Minute sehr entspannt aussehen und sogar die Zunge herausstrecken und die Augen aufreißen, ganz wie Agatha Wolke es in der letzten Nacht im Unterricht vorgemacht hatte.

Kurz bevor ich das Gleichgewicht verlor, sagte die Lehrerin: »Ich würde sagen, die erste Prüfung ist bestanden.« Sie schaute in die Runde, und als sogar Angus Strong missmutig nickte, hakte Direktor Grünspan die Aufgabe in seiner Ledermappe ab.

»Die zweite Prüfung darfst du dir aussuchen«, sagte er dann. »Ich vermute, du schaffst es noch nicht, durch Wände zu gehen?« Er schaute mich mit hochgezogenen Augenbrauen an.

»Wenn er das schafft, ziehe ich in den Wassergraben um«, zischte der Hausdiener.

»Dos hat noch keener im ärsten Scholjahr geschafft«, sagte Fräulein Weichbrodt.

»Wie wäre es nun mit ein paar russischen Spuksprüchen? Oder lieber chinesische?« Direktor Grünspan schaute mich erwartungsvoll an.

»Bitte nicht«, machte sich Ritter Heribert bemerkbar. »Schon beim Gedanken daran fallen mir vor Langeweile die Augen zu. Wie wäre es mit einem ordentlichen Treppensturz mit gebrochenem Genick und allem Drum und Dran?«

Ein Treppensturz? Vielleicht war das keine ganz so schlechte Idee, jedenfalls hatte ich keine bessere. Durch Wände gehen konnte ich ganz gewiss nicht und den Kopf abnehmen und neben mich legen genauso wenig. Wenn ich mich beim Fußball nach einem Foul überschlagen konnte, musste das doch auch hier auf einer Treppe klappen. Pelle hatte mich außerdem auf dem Bolzplatz schon so oft im vollen Lauf von den Beinen geholt, ohne dass ich mir etwas gebrochen hatte.

»Ein Treppensturz, ein Treppensturz, oh jaaa!«, riefen die angeblichen Großfürstinnen begeistert.

Ich stieg hinauf auf den ersten Treppenabsatz und versuchte mich daran zu erinnern, wie ein ordentlicher Treppensturz aussehen musste. Myschka und Malyschka hatten ihn in der letzten Nacht vorgemacht.

»Weiter hoch«, befahl der Hausdiener barsch. »Einmal um die Ecke kullern musst du mindestens.«

Ich gehorchte. Oben wartete ich gar nicht lange ab. Stattdessen stieß ich einen dramatischen Schrei aus, warf mich auf die Seite und rutschte den oberen Absatz hinunter. In der Mitte musste ich einmal scharf links um die Kurve, was mir ein wenig Tempo nahm. Das war auch gut so, denn schon nach den ersten fünfzehn Stufen tat mir jeder einzelne Knochen weh.

Als ich unten ankam, verdrehte ich ein Bein so weit wie möglich und streckte die Zunge heraus. Mit starrem Blick lag ich da. Ich konnte spüren, wie auf jedem Zentimeter meines Körpers eine Beule oder ein blauer Fleck wuchs. Oder beides.

»Das haben wir schon besser gesehen«, sagte Angus Strong. »Durchgefallen.«

»Einspruch«, sagte Agatha Wolke. »Es ist sein erster Treppensturz, dafür war es gut. Oskar oder Caruso, Karacho-voll-in-die-Hose kann es bis heute nicht so gut.«

»Furzepopel«, moserte es oben von der Galerie hinunter.

»Ruhe auf den billigen Plätzen«, befahl Ritter Heribert.

»Als Fachlehrer für Treppensturz bestimme ich, ob das ein guter oder schlechter Treppensturz war«, sagte Angus Strong.

»Wenn ich mich recht entsinne, hat man Ihnen vor einigen Jahrzehnten das Lehrerdiplom entzogen. Dass Sie das Fach noch unterrichten dürfen, liegt nur am Personalmangel an dieser Schule«, fauchte Agatha Wolke den Hausdiener an.

»Bitte keinen Streit!«, ging der Direktor dazwischen. »Wir stimmen ab. Natürlich nur die Lehrkräfte.«

Angus Strong verdrehte die Augen.

Fräulein Weichbrodt enthielt sich der Stimme, der Direktor stimmte gegen mich und Agatha Wolke stimmte für mich.

Die anderen Schüler standen um mich herum und machten besorgte Gesichter.

»Das wird knapp«, sagte Emily. Der Seufzer, der darauf folgte, war lang und tief.

»*Einen* Patzer darf er sich leisten«, sagte Rodríguez. »Jetzt muss der Vortrag einwandfrei sein.«

»Nimm die Legende von Davy Jones und dem Totenreich der Seemänner«, schlug Jimmy vor und leise sagte er: »Das kann ich dir alles einflüstern.«

Das war ein guter Vorschlag, aber ich hatte eine bessere Idee.

»Gut, dann kommen wir zur Sache«, sagte der Direktor. »Tritt hier neben den Kamin und leg los.«

Ich stellte mich auf die andere Seite des Kamins, gegenüber von Ritter Heribert. Er rückte seinen Kopf auf dem Sims ein wenig zurecht, damit er mich gut sehen konnte.

»Brauchste äin Schlöckchen Wasser, Jungchen?« Fräulein Weichbrodt nahm einen Zinnkrug und einen klobigen Becher, schüttete Luft aus dem Krug hinein und reichte ihn mir.

Ich nahm einen Schluck, na ja, ich tat so, als nähme ich einen, als sei es das frischeste und leckerste Wasser, das ich je getrunken hatte.

»Danke«, sagte ich.

Ich weiß nicht mehr genau, wann mir die Idee für meinen Vortrag gekommen war. Vielleicht kurz vor dem Ersticken am Strick oder auf einer der letzten Stufen beim Treppensturz. Außergewöhnliche Belastungen setzen bekanntlich große Kräfte frei. Wenn das nicht so wäre, hätte sicher keiner den Mount Everest bestiegen oder den Orinoko mit einem Kanu befahren oder den Nordpol nur mit ein paar Männern, ein paar Hunden und einem Schlitten gesucht.

Ich bemühte mich, so geschwollen und altmodisch zu klingen, wie ich konnte, das würde meiner Geschichte eine besondere Würze geben. »Ich erzähle die Geschichte von einem Ritter, der nichts fürchtete, bis ihn ein liebreizendes Fräulein zuerst um den Verstand und dann um den Kopf brachte.«

In der Schule schreibe ich mit Abstand die besten Aufsätze, auch wenn ich nie über ein Befriedigend hinauskomme, weil meine Rechtschreibung so schlecht ist. Ich gebe zu, mit 30 Fehlern (auf einer Seite) kannst du so viel Fantasie haben, wie du willst, du bleibst bei einer Drei hängen. Wenn du Glück hast und Frau Jacobs in Deutsch die Fantasie wichtiger findet als Fehler, wird es auch mal eine Zwei minus.

Auch wenn ich mittags zu spät nach Hause komme, laufe ich zu Hochform auf. Also, wenn ich erklären muss, warum ich auf dem Schulweg, für den man sonst nur zehn Minuten braucht, anderthalb Stunden verplempert habe. Meine Mama findet die Geschichten – wie die von dem Zwerg, der unter der alten Eiche am Kirchplatz lebt – auch sehr schön und glaubt sie mir regelmäßig ... nicht.

Bei der Geschichte, die ich nun vortrug, musste ich mir gar nicht viel ausdenken, sondern nur alles, was ich wusste, geschickt zusammensetzen. Die Geschichte hatte einen Schwachpunkt, über den man vielleicht hinwegsehen würde, wenn ich zum Höhepunkt der Erzählung käme. Ich nahm einen Schluck Luftwasser, räusperte mich, um die Spannung zu steigern, und legte los:

»Ein kühner Ritter lebte vor vielen, vielen Jahren in einem schönen Schloss. Er war sehr mutig und kämpfte für den König so tapfer wie kaum ein anderer im Reich. Auf Turnieren besiegte er alle anderen Ritter, denn er konnte besser mit der Lanze und dem Schwert umgehen als alle anderen.«

»Und mit dem Streitkolben!«, unterbrach mich Ritter Heribert.

»Keine Hilfestellung!«, schimpfte der Hausdiener.

»Und natürlich mit dem Streitkolben, das wollte ich gerade sagen. Ritter Heribert kennt sich als wackerer Rittersmann eben aus mit solchen Sachen.«

»Keine Schmeicheleien«, schimpfte der Hausdiener.

»Jetzt seien Sie nicht so pingelig, Strong«, sagte Agatha, »und lassen Sie den Jungen ausreden. Also, mein Junge, jetzt haben wir einen Ritter und ein paar Waffen, aber gruselig ist es wirklich noch nicht.«

»Eines jedoch fehlte dem armen Ritter: ein Burgfräulein, dem er sein Herz zu Füßen legen und ewige Treue schwören konnte.«

»Hach«, seufzte Myschka.

»Oh«, seufzte Malyschka.

Und zum ersten Mal an diesem Abend knisterte Ricky das Radio und spielte ein paar Takte eines Liebeslieds. Irgendwo hörte ich auch das aufgeregte Schnipsen von Oskar oder Caruso, Karacho-voll-in-die-Hose.

»Der Ritter ritt landauf und landab und landunter und

rundherum, aber keine der vielen Prinzessinnen, die es auf ihn abgesehen hatten, konnte sein Herz erweichen.«

Ich hoffte nur, dass niemals Moritz oder sonst wer diesen schmalzigen Schmusekram zu Gehör bekam. Ich wäre bis ans Ende meines Lebens blamiert.

»Grafen und Fürsten schickten ihre Töchter zum Schloss des Ritters, aber die richtige Frau war nicht dabei. Was keiner wusste: Der Ritter hatte längst sein Herz verloren.«

»Oh, wo ist es denn hin?«, kicherte Angus Strong gehässig und tat so, als suche er etwas. »Huhu, wo isses denn, das Herzilein?«

Ich ließ mich nicht beirren.

»Er liebte ein Mädchen, so lieblich und schön, nur leider hatte sie überhaupt keine Kohle ... äh ... ich meine, sie besaß kein Geld und kein Gold, keine Ländereien und Wälder, kein Vieh und keine Felder. Er traf sich heimlich mit dem Mädchen, er küsste ihre Hand und der Ritter sagte die schönsten Liebesgedichte auf, die er auswendig konnte.«

»Oh!«, seufzte Myschka.

»Hach!«, seufzte Malyschka.

Ricky knisterte und Emily stellte fest: »Unser Ritter Heribert sagt nie Gedichte auf.«

»Nichts hatte sie zu bieten, nur ...«, ich machte eine lange Pause, »... den besten Apfelkuchen des ganzen Königreiches.«

Ein schnappendes Geräusch kam von der anderen Seite des Kaminsimses. Ich schielte hinüber. Ritter Heribert schnappte nach Luft, oder besser: sein Kopf. Sein Körper schwankte, er fuchtelte mit den Händen herum, als suchte er Halt.

»Natürlich wollte der Ritter mehr als nur die Hand der Bäckerstochter küssen und ihre Wange streicheln, und auch die Bäckerstochter fand, dass der Ritter sehr ansehnlich war. Weil der Ritter wieder einmal für den Kaiser in den Krieg ziehen musste, und auch weil sie beide schon einige Krüge vom leckeren Apfelwein getrunken hatten, gab sich die Bäckerstochter in einer heißen Sommernacht dem Ritter hin.«

»Was hat sie ihm gegeben?«, piepste Horstchen mit dem Hackebeil.

»Still«, riefen Myschka und Malyschka wie aus einem Mund.

»Was, was, WAS!?«, rief Horstchen trotzig und schlug dreimal mit dem Hackebeil auf, dass es laut durch die Halle schallte, und weil er keine Ruhe gab, erklärte Rodríguez ihm: »Na ja, also der Ritter ging zur Bäckerstochter und dann haben sie ...«, nun kam er doch ins Stocken, »... also, sie haben ... nun ja ... jedenfalls bekam die Bäckerstochter nachher ein Kind«, kürzte er die Sache ab.

Ich fand, dass ich das nicht genauer erklären musste, denn Horstchen war zufrieden mit Rodríguez' Auskunft.

»Wann wird es endlich gruselig?«, meckerte der Hausdiener.

»Also, ich habe schon eine Gänsehaut«, sagte Agatha Wolke, an deren seligem Lächeln ich erkannte, dass es mehr an ihrer romantischen Veranlagung liegen musste.

»Öch auch«, stimmte Fräulein Weichbrodt ihr bei. »Öch fönde alle Liebesgeschöchten grusälich.«

Ich fuhr fort, bevor sich ein Streit zwischen den Lehrerinnen und dem Hausdiener hochschaukeln konnte. »Der

Ritter zog in den Krieg und in der berühmten Schlacht am Weißen Berg ...«

Ritter Heribert taumelte zu dem Lehnsessel, der noch frei und eigentlich für den fehlenden Professor bestimmt war. Er ließ sich hineinplumpsen und seufzte tief. Seinen Kopf hatte er auf dem Kaminsims vergessen.

»Soll ich dem werten Ritter den Kopf reichen?«, fragte ich höflich, aber Ritter Heribert winkte ab.

»In der berühmten Schlacht am Weißen Berg im Jahre 1620 verlor der Ritter zuerst das Leben und dann den Kopf ...«

»Umgekehrt«, stöhnte Ritter Heribert.

»Wie bitte?«, fragte ich.

»Zuerst den Kopf und dann das Leben, so ist es richtig«, brachte der Ritter mit letzter Kraft hervor.

»Furzteufel noch einmal und Pups in der Hose«, rief Oskar oder Caruso, Karacho-voll-in-die-Hose. »Genau wie unser Ritter Heribert!«

Plötzlich herrschte Totenstille in der großen Halle. Alle schauten sich reihum an, Augen weiteten sich, die Großfürstinnen warfen die Hände vor den Mund, denn alle hatten nun verstanden.

Ganz leise beendete ich die Geschichte: »Da der Ritter der Letzte seines Geschlechts war, starben damit die Röckenpöppels aus.«

Ein lauter Schluchzer zerriss die Stille. Er kam vom Kaminsims.

»Der Ritter lebte traurig viele Jahre als Gespenst auf seinem Schloss, aber er traute sich nie mehr zu seiner geliebten Bäckerstochter, denn ein kopfloser Ritter hätte sie sicher zu Tode erschreckt. So erfuhr er nicht, dass er noch viele Nachkommen hatte, denn die Bäckerstochter brachte im nächsten Frühjahr eine wunderschöne Tochter zur Welt.«

»Hurra«, krähte Horstchen mit dem Hackebeil. Er schlug begeistert in die Hände.

Alle anderen umringten den bitter weinenden Ritter Heribert.

Und ich glaube, alle hatten eine Gänsehaut.

Ob ich die Prüfung bestanden hatte, interessierte niemanden mehr. Fragen prasselten von allen Seiten auf den Ritter und mich ein, ob es wirklich eine Bäckerstochter gegeben oder ob ich mir das alles ausgedacht habe, wenn nicht, woher ich das wisse, und ob der Apfelkuchen denn wirklich so lecker gewesen sei.

»Es war der leckerste Apfelkuchen der ganzen Welt«, brachte der Ritter endlich hervor, als er wieder zu sich gefunden hatte. Er bestätigte, dass ich es mir nicht ausgedacht hatte, wunderte sich aber sehr, weil doch niemand von seiner Liebesgeschichte wissen konnte, außer ihm selbst und der Bäckerstochter. Und er habe das Wissen nun einmal mit ins Grab genommen.

»Könnte ich mal meinen Kopf haben?«, fragte er.

Ich nahm den Kopf vom Kaminsims und reichte ihn dem Ritter. Er legte ihn auf sein rechtes Bein und stützte den Unterarm darauf.

»Was für eine schön schrecklich traurige Geschichte«, sagte Emily.

»Aber keine Gruselgeschichte«, gab der Hausdiener zu bedenken.

»Das interessiert doch nun wirklich niemanden«, wies Theoderich Grünspan ihn zurecht. »Kannst du uns vielleicht noch erzählen, was aus dem Mädchen geworden ist?«

Ich nickte.

»Nun erzähl schon!«, riefen alle bis auf Angus Strong und Agatha Wolke, die immer noch so gerührt war, dass sie die Hände rang und gluckste.

»Alle ihre Nachkommen haben weiterhin Apfelkuchen gebacken und ihre Urururururururururururururururenkelin und ihre Urururururururururururururenkelin leben noch heute im Dorf.«

»Nein!«, rief der Ritter.

»Doch!«, rief ich.

»Der lügt wie gedruckt!«, rief der Hausdiener. »Das musst du uns beweisen.«

»Ich kann sie morgen holen.«

Das war nun ein gewagter Vorschlag, denn dafür musste ich nicht nur das Schloss verlassen, sondern Polly auch noch erfolgreich überreden, mir anschließend in die Ruine zu folgen. Und dann war da noch ein Problem.

Polly hatte gesagt, dass sehr bald die Bagger anrücken würden, um das Schloss dem Erdboden gleichzumachen. Als ich mit dieser Information herausrückte, sprang Ritter Heribert auf. Sein Kopf kullerte über den Boden.

»Ich habe ihn«, rief der unsichtbare Jimmy. Er trug Ritter Heriberts Kopf zurück zu seinem Eigentümer, was aussah, als schwebe der herrenlose Schädel durch die Luft.

»Mein Schloss dem Erdboden gleichmachen?«, wütete

der Ritter. »Das werden wir verhindern. Wir haben die Burg schon im Jahr 1123 gegen die Langobarden und im Jahr 1475 gegen die Horden des Markgrafen von Poldringhausen verteidigt, siebzehn Monate und vierundzwanzig Tage hat die Belagerung gedauert, doch die Röckenpöppels haben sich als wehrhaft und trutzig erwiesen.«

»Hurra, hurra!«, riefen alle.

Sogar ich ließ mich von der Begeisterung anstecken, bis mir ein Problem bewusst wurde. Ich hob den Finger. »Aber ...«

Niemand beachtete mich. Der Ritter gab die Befehle zur Verteidigung des Schlosses aus. Rodríguez sollte die Feuer anzünden, um Pech und Schwefel zu erhitzen, Angus Strong die Vorräte überprüfen und alle anderen wurden in die Waffenkammer beordert, um Schwerter, Streitkolben und Schilde zu putzen.

Das Schlagen der Standuhr schallte aus dem Speisesaal herüber.

»Bald ist Sonnenaufgang«, sagte der Direktor. »Ab in die Betten mit euch, wir müssen ausgeschlafen sein ...« Er sprach nicht weiter.

Ich glaube, er kapierte in diesem Moment, was das Problem war. Ich hatte die staubigen Überreste vor Augen, zu denen sich diese Truppe von Verteidigern im Sonnenaufgang verwandelte.

»Die Bagger mit der Abrissbirne kommen tagsüber«, gab ich zu bedenken.

»Na und? Dann müssen wir eben aufbleiben«, sagte Rodríguez. Oskar stimmte ihm zu: »Klarer Furz, die Sache.« Auch die anderen nickten.

Die Lehrer schauten sich betroffen an.

»Wör mössen es ihnen sagen«, raunte Fräulein Weichbrodt.

»Ja, ich befürchte auch«, sagte Agatha Wolke.

»Daran hatte ich nicht gedacht«, sagte Ritter Heribert.

»Ich habe schon immer gesagt, dass wir uns mit denen vom alten Kloster Eselsberg zusammentun sollen.« Der Hausdiener schlug auf den Tisch. »Die können auch am hellichten Tag ...«

»Ruhe!«, unterbrach Direktor Grünspan ihn.

»Was können die, was wir nicht können?«, fragte Bartholomäus, der bisher alles nur still beobachtet hatte.

»Wie soll ich euch das erklären, liebe Kinder? Tagsüber sehen die Dinge ein wenig anders aus, da sind wir alle ganz anders ...«, druckste Agatha Wolke herum.

»Wör sind schließläch Nochtgespönster«, sagte Fräulein Weichbrodt.

Ich war zwar noch kein besonders guter Spukexperte, aber so weit konnte ich mich hervorwagen und sagen: »Nachtgespenster leben nur nachts, tagsüber sind sie ...« Nun traute ich mich doch nicht, es auszusprechen.

»Staub und Asche«, sagte der Hausdiener verächtlich. »Nichts als Staub und Asche mit ein paar Spinnweben drum herum. Hier verteidigt keiner von euch irgendetwas, wenn die Angreifer tagsüber kommen. Nicht mal ein Mauseloch.«

»Furzpupskackendreck«, sagte Oskar oder Caruso, Karacho-voll-in-die-Hose.

»Genau«, stimmte der Hausdiener ihm zu. »Nicht mal das Plumpsklo könnt ihr verteidigen.«

Mir war klar, dass wir nicht mit roher Gewalt, sondern mit Köpfchen an die Sache herangehen mussten. Das sagte ich allerdings nicht, weil ich Sorge hatte, dass Ritter Heribert das missverstehen könnte.

Viel weiter kamen wir sowieso nicht, denn es wurde wirklich höchste Zeit, dass alle in ihre Betten verschwanden.

Als ich mich mit den anderen schnell auf den Weg in den Schlafsaal der Jungs machen wollte, kam mir Theoderich Grünspan hinterher und hielt mich unauffällig auf der Treppe an.

»Was soll das denn werden?«, fragte er mich.

»Wir müssen doch vor Sonnenaufgang in unseren Betten liegen«, antwortete ich und lächelte mein unschuldigstes Lächeln.

»Lass den Quatsch, dafür ist die Lage zu ernst.« Der Direktor sah nicht verärgert, sondern wirklich besorgt aus. »Glaubst etwa, ich wüsste nicht schon lange, dass du kein Gespenst bist? Nach ein paar Hundert Jahren als Leiter dieser leider etwas heruntergekommenen Schule rieche ich so etwas hundert Meter gegen den Wind. Angus Strong hätte dich schon am Tor abweisen müssen, aber er hat nicht aufgepasst, weshalb er jetzt auch so pampig ist. Er rechnet sich schon lange Chancen aus, eines Tages meinen Posten zu übernehmen. Solche Fehler dürfen ihm dann natürlich nicht passieren.«

»Aber warum musste ich dann die Prüfung machen?«

»Weil ein bisschen Abwechslung und Spaß auch uns hier guttut. Ricky das Radio war unser letzter Neuzugang und das war vor über sechzig Jahren, und dann auch noch ein Gespenst in einem solchen albernen Gerät. Das kommt manchmal vor, dann bleibt einer von uns in so etwas hängen oder er versteckt sich darin. Nach einem Treppensturz wäre er hinüber, und ihn an der Antenne aufzuhängen ist auch nicht gerade gruselig.«

»Ricky möchte so gern laufen, springen, toben, klettern, raufen, Mädchen an den Haaren ziehn, karachoschnell vor ihnen fliehn«, hörte ich Rickys traurige Stimme aus dem Radio.

Die anderen waren oben an der Treppe stehen geblieben. Sie sahen alle sehr traurig aus. Ahnten sie, was jetzt kommen würde?

»Du musst uns jetzt verlassen«, sagte der Direktor. »Das ist am besten so.«

»Und was wird aus Ihnen und euch und der Schule?« Ich schaute in die Runde. Ich hätte nie gedacht, dass ich mir jemals im Leben Sorgen um eine Schule machen würde.

»In den letzten hundert Jahren ist das immer häufiger vorgekommen. Wir sind nicht die Ersten, die aus ihrem Zuhause vertrieben werden. Besonders Nachtgespenster wie wir leben in dieser Gefahr, weil wir nicht tagsüber in einem Vergnügungspark spuken können wie manche der Kollegen. Doch darüber musst du dir keine Gedanken machen.«

Wenn Erwachsene dir sagen, dass du dir über etwas keine Gedanken machen musst, solltest du dir darüber unbedingt Gedanken machen. Bei Moritz' Eltern war das auch so. »Ich muss mir keine Gedanken machen, sagen meine Eltern«, hatte Moritz anfangs erzählt, aber dann hatten sie sich immer weiter gestritten und scheiden lassen.

»Angus?«, rief Direktor Grünspan.

Als der Hausdiener erschien, forderte der Direktor mich auf: »Komm mit!« Er führte mich und Angus Strong hinab in die Eingangshalle, wo Agatha Wolke und Fräulein Weichbrodt den Ritter trösteten.

Direktor Grünspan trat zum Kamin und fasste die Uhr auf dem Sims mit beiden Händen. Das goldene Gehäuse setzte erste Spinnweben an, die Glasscheibe, die das Zifferblatt schützte, überzog sich schon mit einer feinen Staubschicht. Ein Klicken ertönte und die Uhr löste sich aus einer Verankerung, sodass der Direktor sie ein wenig anheben und drehen konnte. Mit einem Knirschen öffnete sich die Rückwand des Kamins.

»Geh einfach den Gang immer weiter bis ganz ans Ende, dort gibt es eine Tür, die du mit diesem Schlüssel öffnen kannst.« Er gab mir einen rostigen großen Schlüssel. »Das Schloss könnte ein wenig klemmen, der Stollen unter dem Wassergraben ist lange nicht mehr benutzt worden.«

Einen Augenblick zögerte ich. Sollte ich gehen?

Mir waren die Leute hier schon ein wenig ans Herz gewachsen.

»Ich komme wieder«, sagte ich. »Morgen Nacht, ganz bestimmt!«

Ich kletterte über das Eisengitter, auf dem sonst die

brennenden Holzscheite lagen, und schon ging es erst einmal steil bergab. Von oben hörte ich ein Knirschen. Der Zugang hatte sich wieder verschlossen.

Es roch muffig und war stockdunkel. Dass ich im Dunkeln nichts sehen konnte, daran hatte der Direktor nicht gedacht. Mit weit ausgestreckten Armen tastete ich mich vorwärts. In einem von Moritz' Gruselfilmen wäre das nun die Stelle gewesen, an der man dem Helden zugerufen hätte: »Stopp! Geh nicht durch diese Tür!« Aber ich schob den Gedanken beiseite: Was sollte mir in einem Schloss voller Gespenster, die ich inzwischen alle mit Namen kannte, schon passieren?

Eine ganze Menge, wie sich herausstellte.

Der Gang wurde eng und enger. Nach zwanzig oder dreißig Schritten musste ich den Kopf einziehen, ein paar Meter weiter sogar auf die Knie gehen und auf allen vieren weiterkrabbeln.

Der Boden unter mir wurde morastig, meine Hände versanken bis zum Gelenk im weichen Lehm. Von oben platschten schlammige Tropfen auf mich herunter, aus denen immer dickere Flatschen wurden, die sich auf meinem Rücken ausbreiteten. Ich musste mich nun genau unter dem Burggraben befinden.

So schnell es ging, robbte ich durch den Morast, zweimal rutschte ich mit dem Handballen weg und landete der Länge nach im Schlamm. Auch mein Gesicht musste dran glauben. Der Geruch war ekelerregend.

»Weiter!«, spornte ich mich selbst an.

Ein Lied, das ich von meinem Großvater kannte, kam mir in den Sinn. Er hatte mir erzählt, dass er dieses Lied als Kind immer lauthals gesungen hat, wenn er auf dem Bauernhof, auf dem er aufgewachsen war, im Dunkeln über den Hof zum Plumpsklo gehen musste. Aus Angst vor den Ratten, Werwölfen und vor Nachbars Luise hat er immer einen Schlager gesungen, der damals ein Hit gewesen war. Das Lied passte jetzt und ich grölte: »Junge, komm bald wieder, bald wieder nach Haus. Junge, fahr nie wieder, nie wieder hinaus …« An den weiteren Text konnte ich mich nicht erinnern, also wiederholte ich immer wieder diese beiden Zeilen.

Nach einer Weile hielt ich an. Der Boden war wieder trockener geworden. Ich tastete die Decke über mir ab, wenn man überhaupt von einer Decke sprechen konnte. Erdige lange Dinger reckten sich mir entgegen, ich stieß einen Schrei aus, der in der dumpfen Enge jedoch vom Lehm verschluckt wurde.

Mir wurde klar: Wenn ich hier stecken blieb, war ich verloren. Niemand würde mich hören.

Trotzdem griff ich ein zweites Mal nach den Dingern und ahnte, was dieses Gestrüpp sein musste: die Wurzeln einer Pflanze, bestimmt eines Baums, denn es waren dicke Äste, von denen ein Geflecht aus Fäden und Fasern abging, einige stärker, andere fast so dünn wie Bindfäden. Zumindest wusste ich nun, dass über mir jetzt Wald sein musste – und nicht der Burggraben mit seinen Tonnen von Wasser, die darauf warteten, diesen unterirdischen Gang auszuspülen.

Als ich mich wieder nach vorne drehte, blieb mir das Herz stehen.

Etwas schaute mich an: eine grimmige Fratze.

Sie schälte sich aus der Dunkelheit, zuerst nur die Umrisse, dann war deutlich ein Gesicht zu sehen. Ich erkannte es sofort.

Es war der unfreundliche Geselle, der vor ein paar Stunden verhindert hatte, dass ich das Schloss verließ. Das musste Horatio sein – oder Gwendoline? Dieses Mal sah er zwar keineswegs freundlicher aus, allerdings hielt er sein gefräßiges Maul verschlossen und verzichtete darauf, mich zu verschlucken.

»Hi, alles klar?«, fragte ich, ein bisschen zaghaft vielleicht, aber doch mit allem Mut. Ich hoffte, dass Direktor Grünspan oder Ritter Herbert den

Elementargeist darüber informiert hatten, dass ich das Schloss verlassen durfte.

Das Gesicht füllte den kompletten Tunnel, in dem ich mich jetzt wieder – wenn auch gebückt – auf meinen Beinen vorwärtsbewegen konnte.

Als ich mich vorsichtig um einen Schritt näherte, schrumpfte der große Kopf und die nebelartige Gestalt nahm die Form eines Menschen an. Na ja, nicht wirklich eines Menschen, irgendetwas Nebliges mit Kopf, Rumpf, Armen und Beinen jedenfalls. Ein zartes Leuchten ging von ihm aus.

Augenblicklich wünschte ich mir, dass die Dunkelheit zurückkehrte, denn

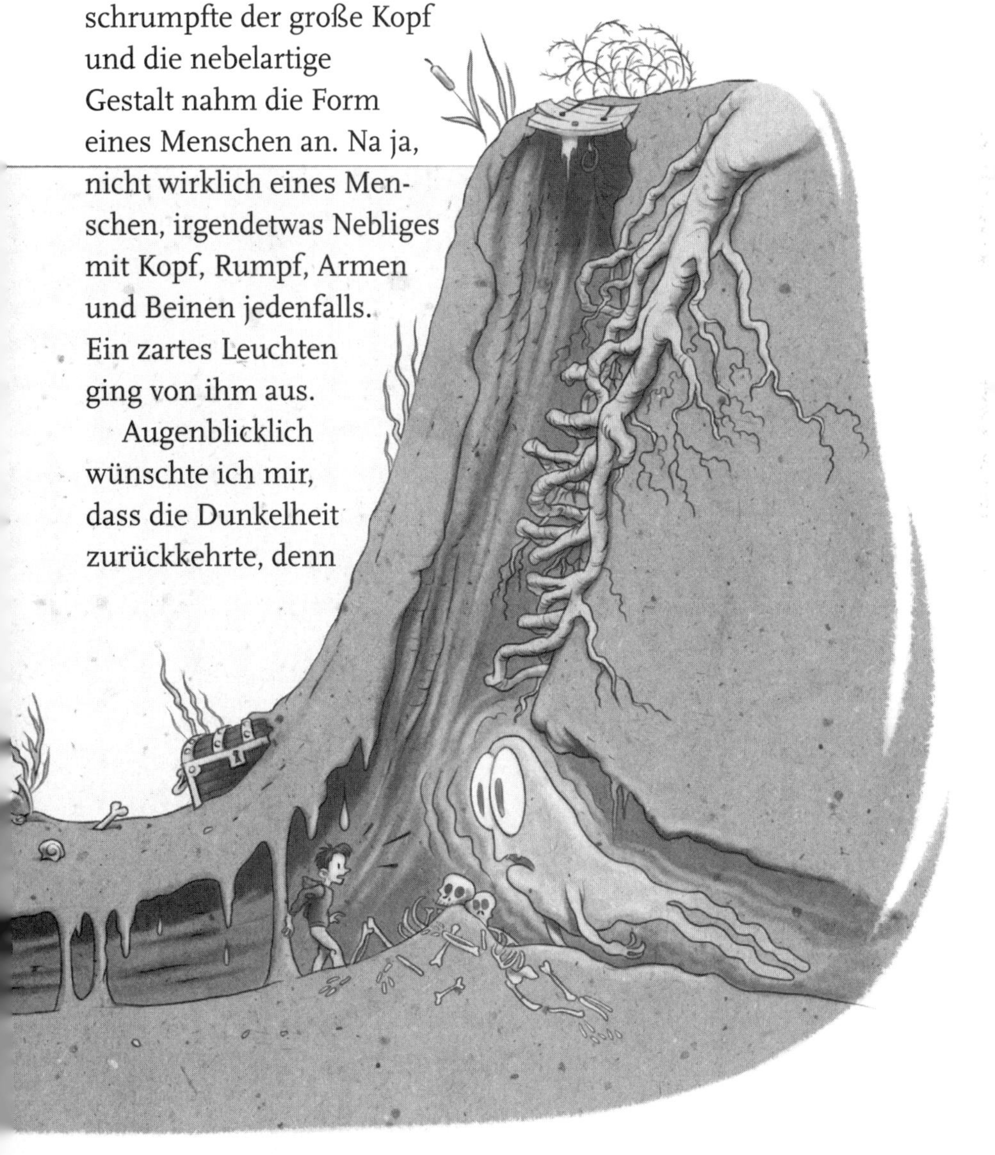

der Schein reichte aus, um mir Dinge zu zeigen, die ich in diesem Moment lieber nicht gesehen hätte.

Direkt neben mir lag ein vermodertes, aber doch noch deutlich zu erkennendes Skelett. Ein menschliches Skelett, daran bestand kein Zweifel, und beim genauen Betrachten waren es zwei Skelette, die ineinander verschlungen waren. Von dem anderen Gerippe löste sich nun eine zweite Gestalt und spendete noch mehr Licht. Sie war etwas kleiner und hatte eher weibliche Formen, also begrüßte ich sie: »Hi, Gwendoline! Was geht ab?«

Ob man einen Elementargeist so etwas fragen konnte oder sollte, war mir nicht klar. Jedenfalls schien es so, als hätte schon einige Zeit überhaupt niemand dieses Wesen auch nur irgendetwas gefragt. Es flatterte aufgeregt umher, kam dann aber an der Seite seines Mitgeistes wieder zur Ruhe.

Die beiden winkten mir zu. Ich verstand es als Aufforderung, ihnen zu folgen. Als ich mit einem großen Schritt über ihre Skelette hinwegsteigen wollte, kam ich ins Rutschen und trat mitten in den Haufen Knochen.

Volltreffer, dachte ich. Jahrzehnte- und jahrhundertelang kommt niemand in dein Reich und du spukst hier einsam rum, und dann erscheint endlich mal wer – und was macht er? Er tritt dir in die Rippen. Weiterdenken konnte ich nicht, weil ich aus dem Gleichgewicht geriet, umkippte und nun zwischen den Überresten von Horatio und Gwendoline lag. Dem einen von den beiden fehlten zwei Zähne im sonst recht ansehnlichen Gebiss, das genau vor meiner Nasenspitze lag.

Den Elementargeistern schien es nicht viel auszumachen, dass jemand ihre Knochen ein bisschen durcheinanderbrachte, denn keiner von beiden fiel über mich her, schleuderte mich durch die Gegend oder verschluckte mich und spuckte mich irgendwohin.

Ich folgte Horatio und Gwendoline, bis der Gang so hoch wurde, dass ich aufrecht gehen konnte. Nach ein paar Minuten erreichten wir eine Holztür, die schon sehr morsch war. Der Riegel zerbröckelte in meinen Händen und gab bereitwillig den Weg nach draußen frei. Den Schlüssel, den Direktor Grünspan mir gegeben hatte, brauchte ich nicht.

»Vielen Dank«, sagte ich. Ich drehte mich um, aber meine beiden Begleiter hatten sich in die Tiefe des Stollens verzogen. Vielleicht behagte ihnen das Sonnenlicht nicht. Oder die Brombeersträucher, deren Dornen diesen Zugang wohl schon viele Jahre bewachten.

In dem Moment krachte und dröhnte es.

In diesem Kapitel der Geschichte rumpelt eine Planierraupe durch den Wald, stößt einen Baum um, dessen zweitdickster Ast mich k. o. schlägt. Mir wird wieder einmal schwarz vor Augen. So oft wie in den letzten drei Tagen ist das in meinem ganzen Leben zuvor nicht passiert. Davon erfahre ich aber erst später, sodass ich hier nicht viel dazu sagen kann.

Unter normalen Umständen hätte ich das Herannahen dieses Monstrums mit Kettenrädern sicher schon viel früher gehört, aber in meinen Gehörgängen klebte der Schlamm aus dem Stollen und ich hörte nichts, bis zu dem Zeitpunkt, als mir jemand mit dem Finger im rechten Ohr pulte.

Auch der zweitdickste Ast eines Baumes kann ziemlich großen Schaden anrichten, wenn es sich um einen Baum handelt, der ungefähr hundert oder mehr Jahre alt ist. Der dickste Ast dieses Baumes hätte mich sicher getötet und vielleicht hätte ich dann gleich zu Emily, Oskar, Ricky und Horstchen mit dem Hackebeil ziehen können, um nachts einen ordentlichen Spuk zu veranstalten.

Aber ich hatte Glück. Mich traf eben nur der zweitdickste und ich war nur eine Weile ohnmächtig. Wie lange genau, weiß ich nicht. Das Erste, das ich wahrnahm, war ein leichtes Schwanken, hin und her und hin und her. Jemand trug mich, wahrscheinlich war es ein Engel, der mich zur Himmelspforte brachte. Der Engel roch nach einem aufdringlichen Rasierwasser.

»Legen Sie ihn dahin«, hörte ich jemanden sagen. Ich spürte, wie ich auf etwas Weiches gelegt wurde, wahrscheinlich war es eine Wolke, auf der ich noch warten musste, bis ich an der Himmelspforte dran war. Auch an der Himmelspforte geht alles geordnet zu. Jemand pulte jetzt mit spitzen Fingern den Lehm aus meinen Ohren, klar, das war unbedingt nötig, weil mich gleich Petrus fragen würde, ob ich auch ein guter Mensch gewesen war. Ich würde ihm alle meine Sünden verschweigen, damit er mich hineinließ.

Mein erster Versuch, die Augen zu öffnen, misslang. Alles rotierte um mich herum, dehnte und verzerrte sich, und ich fiel zurück in die Ohnmacht.

»Sie sind ein Vollidiot«, sagte eine Frauenstimme.

Entweder herrschte an der Himmelspforte ein rauer Umgangston oder ich war am anderen Ende der Leiter gelandet. Wenn's einen Himmel gibt, gibt es natürlich auch die Hölle, das ist klar.

Eine andere Stimme holte mich aus meinen Überlegungen. Eine junge Stimme, die ich kannte. »Ich habe doch gesagt, dass noch jemand im Schloss ist.«

»Du Rotzgöre behauptest auch, dass es in diesem Haufen alter Steine Geister gibt«, antwortete eine ärgerliche Stimme von einem Mann. Er lachte dreckig, dreckiger, als ich in meinen verschlammten Klamotten wahrscheinlich aussah. »Autsch«, schrie er dann. »Kleines Miststück, wage es nur nicht noch mal, mich zu treten!«

Gut gemacht, Polly!, dachte ich.

»Man tritt keine Leute, Polly«, sagte die Frau. Sie klang ganz so, als meinte sie das Gegenteil. Dann wurde die Stimme lauter: »Es ist unverantwortlich, dass Sie mit Ihrem Bagger und Ihrer Flanierraupe hier herumfuhrwerken.«

»Das ist eine Planierraupe. P-lanier, nicht F-lanier«, sagte der Mann.

»Jetzt kommen Sie mir nicht mit Spitzfindigkeiten«,

sagte die Frauenstimme. »Außerdem haben Sie gar nicht das Recht, auch nur einen kleinen Finger an unser Schloss zu legen.«

»Das ist nicht mehr Ihr Schloss. Sie haben Ihre Schulden nicht bezahlt und jetzt hat Ihre Bank die Bruchbude an uns verscherbelt und in ein paar Monaten steht da ein schickes Schlosshotel mit Golfplatz.«

»Bis morgen gehört die Bruchbude noch uns«, sagte die Frau. »Und wenn Sie noch einmal Bruchbude sagen, befehle ich meiner Tochter, Sie noch einmal zu treten. Vielleicht ist der Junge da tot und dann haben Sie den Salat.«

Mit »der Junge« war ich wohl gemeint und ich wollte keineswegs tot sein. Mir wurde klar, dass es höchste Zeit war, ein Lebenszeichen von mir zu geben. Ich versuchte, den Arm zu heben. Erfolglos. Den Zeigefinger, dann den kleinen Finger. Erfolglos.

Mit dem linken Augenlid klappte es.

»Da!«, schrie Polly so laut, dass mein Augenlid vor Schreck gleich wieder zuklappte. »Er hat ein Auge geöffnet.«

»Der Krankenwagen muss gleich hier sein«, sagte der Mann. »Wenn der Junge weggeschafft ist, machen wir weiter.«

Darauf murmelten ein paar Leute etwas. Wahrscheinlich sind das die Flanierraupenpahrer, dachte ich. »P-lanierraupenfahrer«, korrigierte ich mich selbst. Mein Gehirn funktionierte noch einigermaßen.

»Er hat etwas gesagt.« Ein Finger zog mein linkes Augenlid hoch. Ich starrte in das Gesicht von Polly. »Lebst du noch?«, fragte sie.

»Nein ...«, antwortete ich.

Pollys Augen weiteten sich einen kurzen Moment vor Schreck, dann strahlte sie mich mit ihrem blauen und ihrem braunen Auge an. Ich schaute mich um. Sie hatten mich auf eine Lichtung getragen und ins Moos gelegt. Ein paar Bauarbeiter standen herum, Polly und eine Frau und ein Mann.

»Ich bin Lenny der Zweite, das Schlammgespenst von Schloss Röckenpöppel«, sagte ich.

»Der hat einen kleinen Dachschaden«, knurrte der Mann.

Die Frauenstimme gehörte eindeutig zu Pollys Mutter, der soundsovielten Urenkelin der schönen Arabella mit dem Apfelkuchen, in die Ritter Heribert einst verliebt gewesen war. Sie sah genauso aus wie Polly, hatte die gleichen blonden Haare, ein braunes und ein blaues Auge, nur mit ein paar Fältchen drum herum.

»Der macht uns doch nur was vor«, sagte der Mann, auf dessen Kopf ein Bauarbeiterhelm saß. »Dem geht's wunderbar!«

Wunderbar ging es meinem Kopf nicht, aber meine Mutter sagt oft: »Du bist ein Dickschädel, wie er im Buche steht.« Warum das in einem Buch steht, weiß ich nicht, aber seit der zweitdickste Ast der Eiche Bekanntschaft mit meinem Schädel gemacht hatte, kann ich nur sagen: Mama hat recht.

In meinem Kopf fühlte es sich zwar ein bisschen an, als spielten darin zwei amerikanische Spitzenteams Basketball, aber es war längst nicht so schlimm wie im letzten Schuljahr, als Moritz mit seinem Hammerschuss nicht das

Tor, sondern meine Birne getroffen hatte. Damals musste ich mit einer Gehirnerschütterung ins Krankenhaus. Ich war sicher, der zweitdickste Ast hatte das nicht geschafft.

»Aus dem Weg. Hier wird jetzt gebaggert.« Der Schlips-Typ pfiff auf den Fingern und winkte die Arbeiter heran. Der schrille Ton machte mich hellwach.

Mir wurde schlagartig klar, dass ich jetzt einen sehr guten Plan brauchte.

Im Fernsehen hatte ich schon einmal gesehen, wie Leute verhindern wollten, dass eine Autobahn quer durch ihre Vorgärten gebaut wurde. Die Anwohner hatten eine Menschenkette gebildet und sich den Baggern in den Weg gestellt. Immer wenn die Leute an der einen Stelle weggetragen worden waren, hatten sich an einer anderen schon wieder neue zusammengetan, einige hatten sich sogar an Laternenpfähle gekettet.

Leider gab es hier weder Laternenpfähle noch genug Leute. Polly, ihre Mutter und ich – das reichte einfach nicht für eine ordentliche Menschenkette.

Einer der Bauarbeiter kam zu uns. Er trug eine blaue Latzhose mit einem T-Shirt darunter, auf dem ein halb von dem Latz abgedeckter Bagger abgebildet war. In einem Halbkreis darüber war zu lesen: *Abriss-Müller – bei uns bleibt kein Stein auf dem anderen.* Die Worte in der Mitte dehnten sich zu beiden Seiten, weil der Baggerführer ungefähr so breit wie hoch war. »Was denn jetzt, Boss? Geht's endlich weiter oder sollen wir Mittagspause machen?«

»Aber wenn noch andere Kinder im Schloss sind?«, fragte ich etwas zaghaft.

»Wie? Was? Da sind noch Leute drin?« Abriss-Müller

schob seinen Schutzhelm in den Nacken, kramte ein kariertes Taschentuch hervor und wischte sich den Schweiß von der Stirn. »Keiner der Kumpels rührt hier auch nur den kleinen Finger, wenn da noch irgendetwas drin ist, das auf zwei Beinen läuft, Boss. Das verspreche ich Ihnen, so wahr ich Abriss-Müller heiße.« Er stemmte die Fäuste in seine schwabbeligen Seiten, sodass sie fast in den Fettwulsten verschwanden.

»Wir haben gestern alles abgesperrt. Da kommt keine Maus mehr durch. Der alte Kasten ist leer«, sagte der Bauunternehmer.

»Auf Ihre Verantwortung«, sagte der dicke Bauarbeiter und gab seinen Kollegen ein Zeichen. Die Motoren der Bagger röhrten los.

Polly schlug die Hände vors Gesicht. Ihre Mutter zuckte die Achseln und sagte: »Kommt, Kinder. Es hat keinen Zweck.«

Ich wusste, dass es nun nur noch eine Möglichkeit gab, und schnappte mir Pollys Hand. Sie wehrte sich nur kurz, dann gab sie nach und folgte mir. Wir rannten los, aber nicht aus dem Wald hinaus ins Dorf, sondern zum Schloss.

»Verdammt!«, schrie der Bauunternehmer.

»Polly?«, schrie Pollys Mutter.

Gestrüpp und Äste flitschten uns ins Gesicht, Polly stolperte über eine Wurzel, ich rutschte auf einem dicken schwammigen Pilz aus.

»Was hast du vor?«, keuchte Polly.

Ich wusste selbst nicht ganz genau, was ich vorhatte. Auf jeden Fall mussten wir ins Schloss, denn solange sich noch zwei Kinder darin befanden, würden die Bagger nicht rollen, das hatte Abriss-Müller versprochen.

Ins Schloss zu kommen war einfacher gesagt als getan. Der Eingang zum Geheimtunnel schien in Sekundenschnelle wieder zugewachsen zu sein. Polly kannte sich jedoch aus und fand die Stelle.

»Hier hast du gelegen«, sagte sie.

Mit ein paar gezielten Tritten in das dornige Gestrüpp ebnete ich uns den Weg. Da war der fast verschüttete Zugang.

»Der Geheimgang!«, stieß Polly begeistert hervor. »Es gibt ihn also doch.«

»Ja, aber es ist nicht gerade ein Spaziergang«, warnte ich sie. Lieber hätte ich gesagt: Man macht sich da drinnen fast in die Hose vor Angst. Aber das ging natürlich nicht. Ich musste jetzt selbstverständlich obercool sein. Ich dachte scharf nach, was die coolen Jungs in den Filmen, die ich mit Moritz geschaut hatte, in einer Situation wie dieser sagten.

»Du bleibst immer dicht hinter mir«, war einer dieser Sätze und ich sagte ihn auch. Bei Polly nutzte das nichts. Sie hielt sich nicht an die Cooler-Typ-in-Gruselfilmen-Regeln.

»Ich geh vor«, sagte sie.

Polly stapfte in den Gang, ich folgte ihr und zog das Gestrüpp hinter uns zu. Als der Stollen niedriger wurde, ging sie auf die Knie. Als es stockdüster wurde, zögerte sie keine Sekunde und kroch auf allen vieren weiter. Auch als das Wasser von der Decke tropfte und der Boden schlammig wurde, machte sie keinen Mucks.

Na warte, dachte ich, wenn wir zu der Stelle mit den Skeletten kommen, wollen wir doch mal sehen.

Wir sahen nichts. Weder die Skelette noch die neblig wabernden Geister. Horatio und Gwendoline hatten vielleicht Pause oder woanders zu tun, keine Ahnung.

»Hier muffelt es aber«, war der einzige Kommentar, den Polly auf der gesamten Strecke von sich gab. Sie sagte es mehr zu sich selbst, so, als sei ich gar nicht da.

Der Gang endete vor der Mauer, auf deren anderer Seite der Kamin in der großen Halle war.

»Mist«, sagte Polly.

»Stimmt«, sagte ich, denn es gab keinen Griff oder Knauf oder irgendetwas anderes, mit dem man das Hindernis beiseiteschaffen konnte.

»Vielleicht steht irgendwo ein Stein heraus, an dem wir ziehen müssen«, murmelte Polly. »Oder es gibt einen, den man hineinschieben kann.«

»Oder wir müssen warten, bis die Sonne untergeht«, sagte ich und dachte an meine Gespensterfreunde.

Der Vorschlag klang ein wenig seltsam, denn wir standen im Stockdunkeln. Und auch, wenn im Moment keine Baggeraktivität zu befürchten war, denn Abriss-Müller hatte ja versprochen, nicht zu baggern, solange etwas auf zwei Beinen im Schloss sein könnte, so bestand doch die Gefahr, dass der Geheimgang durch das Gebaggere einstürzen könnte. Ich stellte mir vor, wie Polly und ich am Ende ganz ähnlich wie Gwendoline und Horatio Arm in Arm unseren letzten Atemzug inmitten des Schlamms taten.

»Verflixt und zugenäht!«, rief jemand. Darauf folgten einige weitere Flüche und ein verzweifeltes »Ich stecke fest!«. Die Rufe kamen gedämpft bei uns an.

»Wer war das?«, fragte Polly.

Ich zuckte die Achseln, was Polly nicht sehen konnte. Sie zupfte an meiner Hand. Ich schreckte zusammen und stieß einen Kiekser aus.

»Du bist aber schreckhaft«, kicherte sie.

»Gar nicht«, gab ich zurück, aber es klang nicht sehr überzeugend.

»Himmel, Arsch und Zwirn noch einmal«, rief es jetzt. »Ihr müsst mich hier herausholen!«

Polly und ich gingen ein paar Schritte zurück in den Gang. Nach einigen Metern, als der Stollen sich wieder verengte, sahen wir einen ersten Lichtschein. Als wir wieder auf allen vieren krochen, wurde er heller und heller und bald erkannten wir die Lichtquelle.

Vor uns war der Tunnel verstopft. Durch Abriss-Müller. Der kugelige Mann steckte fest. Das Licht stammte von einer Taschenlampe, die vor ihm lag und ihm ins Gesicht schien. Er zappelte und ruckelte, kam aber keinen Zentimeter vor oder zurück.

»Ziehen«, brüllte er und dann sofort: »Aua, ihr Idioten. Ziehen, aber nicht mir die Beine abreißen.«

Polly entschlüpfte ein Kichern.

»Ist da jemand?«, fragte Abriss-Müller. Er beschattete mit einer Hand seine Augen. Im gleißenden Strahl der Taschenlampe, die gegen ihn gerichtet auf dem Boden lag, konnte er uns nicht sehen. Er tastete mit der anderen Hand nach der Lampe, aber sie

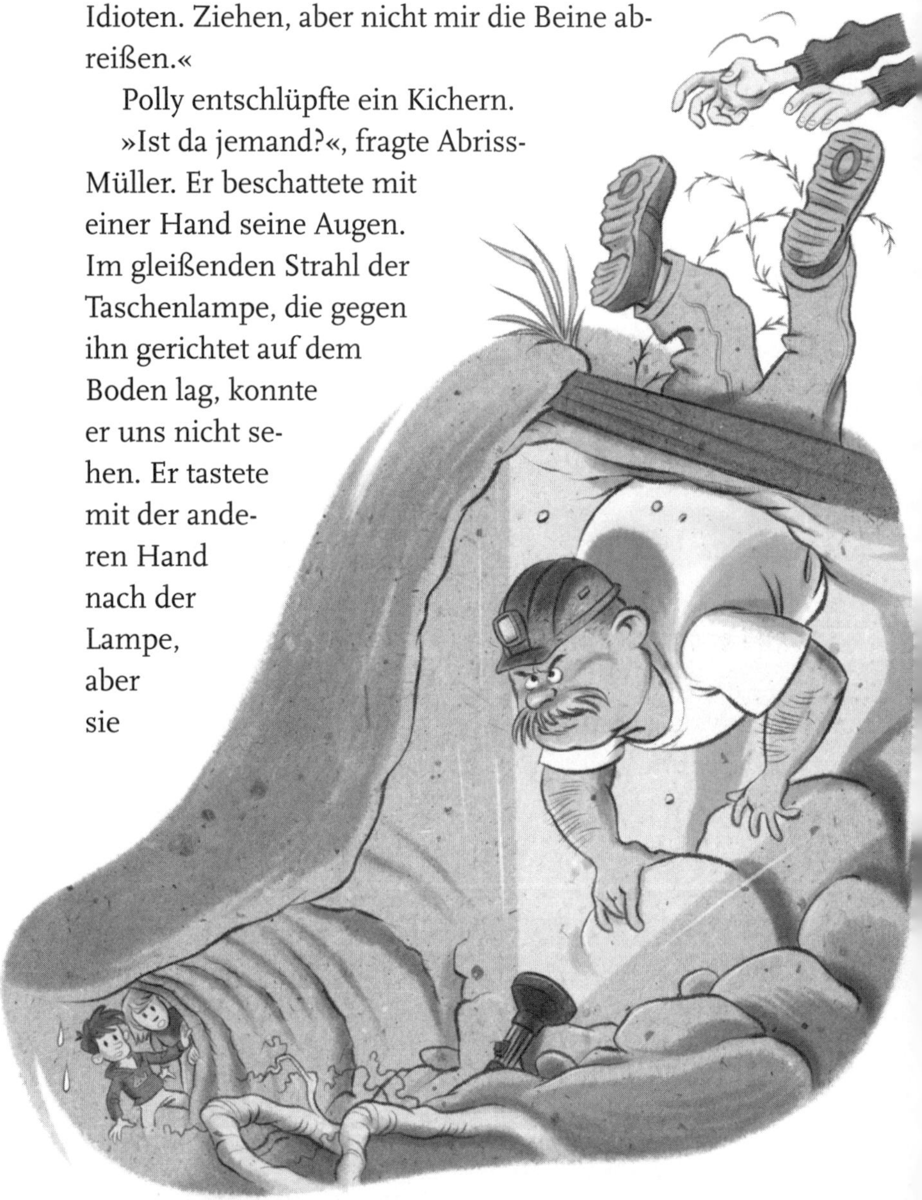

befand sich ein paar Zentimeter zu weit von ihm weg. Er schimpfte und fluchte und verwünschte den Bauunternehmer, der ihm das alles eingebrockt hatte.

Während er also mit Fluchen beschäftigt war, hatte ich eine Idee. Ich hoffte, dass Polly sofort verstand, was ich vorhatte. Mit tiefer, verstellter Stimme legte ich los.

»Hohohooo«, sagte ich. »Mein geliebtes Burgfräulein, wir haben Besuch!«

Plötzlich war es ganz still. Abriss-Müller starrte in unsere Richtung. Seine Augen waren weit aufgerissen. »Wie bitte?«, fragte er.

Polly hatte kapiert. Mit feiner piepsiger Stimme antwortete sie und versuchte dabei sehr erwachsen und sehr gespenstisch zu wirken: »Oh, mein Ritter, da habt Ihr ganz und gar recht. Nach all den Jahrhunderten endlich ein Gast.«

Ich muss gestehen, dass das Kichern, das sie hinten dranhängte, nicht nur gespenstisch, sondern auch ein bisschen irre klang. Auf jeden Fall gruselig.

»Herzlich willkoooo-hooommen«, sprach ich den dicken Mann nun direkt an. Ich zog und dehnte die Silben. Von der Stirn des Bauarbeiters strömte der Schweiß. »Wie wunderbar, meine Gwendoline«, fuhr ich fort. »Sobald sein letztes Lebenslichtlein verloschen ist, wird er uns hier Gesellschaft leisten.«

»Jaaaa-haaaaa«, sagte Polly, »bis in alle Eeeeeewigkeit.«

Abriss-Müller holte tief Luft. Seine Augen quollen hervor und sein Gesicht lief knallrot an, als er versuchte, sich mit den Händen rückwärts aus dem Gang zu drücken.

Er ruckelte sich schließlich frei und robbte rückwärts los. »Raus hier, nur raus hier«, murmelte er immer wieder. Hinter ihm stieß jemand einen Schmerzensschrei aus. »Aua! Du hast mir auf die Nase getreten, Chef!«

Abriss-Müller war nicht aufzuhalten, die Taschenlampe ließ er liegen. »Raus, raus, raus«, hörten wir ihn noch ein paarmal, dann herrschte Stille.

»Und jetzt?«, fragte Polly.

»Jetzt haben wir wenigstens Licht«, sagte ich und hob die Taschenlampe auf.

Das war auch gut so, denn ohne Licht wäre es uns auf Dauer doch sehr mulmig geworden. Wir hätten zwar wieder zum Ausgang am anderen Ende des Stollens kriechen können, aber die Gefahr, dass wir dort geschnappt wurden, war zu groß. Solange uns die Decke nicht auf den Kopf fiel, so beschlossen Polly und ich, würden wir hier ausharren.

Wir mussten noch eine ganze Weile in der muffigen Luft warten, bis wir auf der anderen Seite der geheimen Tür etwas hörten: zuerst ein Rumpeln und Bollern, dann eine Glocke und Stimmen.

»Was ist das?«, fragte Polly.

»Die Glocke, die zum Frühstück ruft.«

Polly schaute mich im schwächer werdenden Schein der Taschenlampe misstrauisch an. »Die Glocke, die zum Frühstück ruft? Wen ruft sie zum Frühstück?«

»Emily, Oskar, Ricky, Horstchen mit dem Hackebeil und die beiden Großfürstinnen, einfach alle. Und die Lehrer. Na ja, für uns wäre es eher das Abendessen.«

»Die Lehrer?« Polly dehnte die Silben so lang, dass mir klar war: Sie zweifelte an meinem Verstand.

Die Taschenlampe gab den Geist auf, sodass Polly mein Grinsen nicht mehr sehen konnte. Ich erklärte ihr, was sie auf der anderen Seite erwartete. Nur von einer Person erzählte ich nichts, das sollte noch eine Überraschung werden. Ich beendete meinen Bericht mit den Worten: »Du musst keine Angst haben. Die sind alle sehr nett. Bis auf den Hausdiener.«

»Ich habe auch keine Angst«, beteuerte Polly. Ganz so sicher wie vorher klang ihre Stimme jedoch nicht mehr. »Außer um deinen Verstand. Um den hab ich wohl Angst. Schule für Gespenster?! So ein Quatsch.«

»Du hast doch selbst gesagt, dass es auf dem Schloss spukt.«

»Das schon, aber Gespenster müssen doch nicht zur Schule gehen, pfff.«

»Du wirst schon sehen«, sagte ich. »Ein paar Hundert Jahre sogar.«

Ob sie das beeindruckte, konnte ich in der Dunkelheit nicht sehen, und es wurde auch Zeit, dass wir endlich aus dem muffigen Verlies herauskamen. Ich nahm die Taschenlampe und hämmerte mit dem Griff gegen die Wand. Es dauerte eine Weile, bis jemand auf der anderen Seite reagierte und, statt die Tür zu öffnen, ebenfalls dagegenhämmerte. Ich schlug dreimal und bekam drei Schläge als Antwort.

»Aufmachen!«, schrie ich.

Nun blieb es still.

»Halloooo?«, rief ich und Polly stimmte mit ein: »Aufmachen!«

Ein Schluchzen drang zu uns herüber.

»Da ist jemand«, flüsterte Polly.

»Sag ich doch«, sagte ich.

Zur Wand, die uns den Weg versperrte, sagte Polly: »Warum weinst du denn? Wer bist du?«

»Horstchen, bist du das?«, mischte ich mich ein. Statt einer Antwort wurde das Schluchzen lauter. Das konnte nur Horstchen mit dem Hackebeil sein. »Horstchen, lauf los und hol Direktor Grünspan. Hol ihn her, bitte, Horstchen, schnell!«

Das Schluchzen verstummte.

Es dauerte nur ein paar Minuten, bis sich die Wand mit einem Knirschen in Bewegung setzte. Ein erster Lichtstrahl fiel herein und schließlich blendete uns der Schein des Kronleuchters.

Die versammelte Mannschaft stand dort. Sie starrten mich entgeistert an (wenn man diesen Ausdruck bei einem Haufen Geister benutzen kann).

»Ich habe doch gesagt, dass ich wieder zurückkomme«, sagte ich.

»Du bist es!« Emily klatschte fröhlich in die Hände, Ricky das Radio rauschte begeistert und Oskar oder Caruso, Karacho-voll-in-die-Hose umarmte mich und sagte: »Da brat mir doch einer 'nen Furz – wir hätten dich in deiner Schlammverkleidung fast nicht erkannt.«

Einer nach dem anderen begrüßte mich.

»Und ich habe euch noch jemanden mitgebracht«, sagte ich und winkte Polly herbei, die sich noch nicht aus der Dunkelheit gewagt hatte. Reihum stellte ich ihr die Schüler und die Lehrer vor und ganz zum Schluss führte ich sie zu

Ritter Heribert, der sich etwas schüchtern im Hintergrund gehalten hatte.

Der Ritter wechselte seinen Kopf vom rechten in den linken Arm und reichte Polly die Hand.

»Das, liebe Polly«, sagte ich mit so feierlicher Stimme, wie es unter meiner Matschkruste möglich war, »ist dein Urururururururururururururururgroßvater, der kühne Ritter Heribert, der leider zuerst seinen Kopf und dann sein Leben in der Schlacht am Weißen Berg verlor.«

Jetzt war es heraus.

Polly starrte mich an, dann den Ritter, dann wieder mich. Einen Ton brachte sie nicht heraus, ebenso wenig wie Ritter Heribert. Wieder einmal kullerten ihm die Tränen über die bärtigen Wangen, dieses Mal waren es allerdings Freudentränen.

»Wie aus dem Gesicht geschnitten«, seufzte er, als er sich endlich beruhigt hatte. »Du bist deiner Urururururururururururururururgroßmutter wie aus dem Gesicht geschnitten. Sogar die Augen, schaut euch das an, eins braun und eins blau. Kannst du auch so gut Apfelkuchen backen?«

Polly nickte. Ihr Mund stand immer noch offen.

Die russischen Großfürstinnen tanzten um Polly herum. »Das müssen wir feiern. Ein Wiedervereinigungsfest!«

»Es kam die Bäckerin zurück, der Ritter strahlt vor lauter Glück. Wir tun's dem ganzen Lande kund: Die Geschichte ist jetzt rund«, schepperte Ricky. Das Radio kreiste dabei durch die Luft. »Hör auf, Jimmy, hör auf«, rief Ricky schließlich. »Wenn du Pirat so weitertobst, kommt mir gleich noch das Frühstück hoch.«

»I-i-ist er das w-w-wirklich? D-d-der Ritter Heribert?«, holperten die Worte endlich über Pollys Lippen.

Ich nickte.

»Der in der Schlacht zuerst den Kopf und dann das Leben verloren hat und meine Urururururururururururur-urgroßmutter nicht mehr heiraten konnte?«

Ich nickte. »So wird es jedenfalls erzählt.«

»Apfelkuchen backen können ist kein Beweis«, nörgelte Angus Strong. Der Hausdiener sah noch missmutiger als sonst aus. »Das ist absolut kein Beweis, dass sie die Urururururururururururururenkelin von Ritter Heribert ist.«

»Angus, Sie alter Miesepeter«, sagte Agatha Wolke, »verderben Sie uns nicht die Romantik. Wir haben selten Gelegenheit zu feiern – und jetzt tun wir es!«

»Röchtög, Musik ond Tanz ond Wein mössen her«, stimmte Fräulein Weichbrodt ihr zu.

»Aber nein«, rief Polly. »Schloss Röckenpöppel soll abgerissen und dem Erdboden gleichgemacht werden. Wir haben keine Zeit zu feiern. Wenn Mama und ich bis Mitternacht unsere Schulden nicht bezahlen, rollen morgen die Bagger an. Für heute haben wir sie gerade so noch stoppen können!«

»Was ist ein Bagger?«, flüsterte Emily.

Rodríguez zuckte die Achseln. Die anderen schauten sich ratlos an. Nur Ricky das Radio knisterte und verkündete: »Der Bagger, groß und stark und schwer, kommt mit seiner Riesenschaufel her. Lässt verschwinden ohn' Verstand, was eben da noch stand.«

Wieder plapperten alle durcheinander, dieses Mal jedoch

voller Sorgen und Befürchtungen. Erst als Direktor Grünspan allen mit donnernder Stimme Einhalt gebot, kam Ruhe in den aufgescheuchten Haufen.

»Still jetzt.« Er wandte sich Polly zu. »Ihr habt also Schulden, deine Mutter und du?«

»Ja. Genau 126.354 Euro und elf Cent«, sagte Polly.

»Was sind denn Euro?«, fragte Myschka.

»Das ist Geld, damit zahlt man heutzutage«, sagte ich. »Und 126.354 Euro und elf Cent sind ziemlich viel Geld.«

»Man bekommt ungefähr achtzehntausend Apfelkuchen nach Arabellas altem Geheimrezept dafür«, sagte Polly.

Ritter Heribert seufzte: »Arabella!«

»Kannst du uns sagen, wie viel das in russischen Rubeln ist?«, fragte Malyschka.

»Oder in Goldtalern?«, wollte Bartholomäus wissen.

Direktor Grünspan rief noch einmal: »Ruhe! Ruhe jetzt, meine Herrschaften. Ich muss nachdenken. Ritter Heribert, wenn Sie mal Ihre Tränen abwischen könnten, würde ich Sie und die Damen und Herren des Lehrkörpers gerne in meinem Büro sprechen. Alle anderen versammeln sich im großen Speisesaal.«

Jetzt kommt ein relativ langweiliges Kapitel, deshalb habe ich es kurz gehalten.

Alle warteten im Speisesaal und machten sich einigermaßen viele Sorgen und löcherten Polly mit Fragen. Alle außer dem Piraten Jimmy. Der war nämlich so schlau, sich im Büro des Direktors hinter dem hohen Armsessel zu verstecken. Das war zwar Quatsch, weil Jimmy unsichtbar ist, er muss sich also gar nicht verstecken. Aber sicher ist sicher. Nachdem er genug gehört hatte, schlich er sich durch die Wand davon und kam ebenfalls in den Speisesaal.

»Ich glaube, sie wollen das Schloss aufgeben!«, rief plötzlich jemand.

Ich hatte mich noch nicht daran gewöhnt, dass Jimmys Stimme immer irgendwo aus dem Nichts erschallte. Es war leichter, sich an einen Kopflosen zu gewöhnen als an einen Unsichtbaren, das steht fest.

Wieder entstand ein kleiner Tumult, der sich erst nach ein paar Minuten legte.

»Angus Strong hat vorgeschlagen, dass wir noch diese Nacht umziehen. Vorübergehend erst mal ins Kloster der betrunkenen Nonnen und dann sollen wir von dort aus um Aufnahme in Eselsberg bitten.«

»Pah, Pupsendreck und Furzenmist«, rief Oskar oder Caruso, Karacho-voll-in-die-Hose. »Und dem haben der Ritter und Direktor Grünspan zugestimmt?«

»Diese Feiglinge«, sagte der Schildknappe Bartholomäus.

»Eselsberg, das ist ja schrecklich«, jammerte Emily. »Das kann ich nicht glauben.«

Horstchen weinte leise und die russischen Schwestern umschlangen sich mit den Armen und schluchzten.

»Was ist denn so schrecklich in Eselsberg?«, fragte Polly.

Rodríguez ergriff das Wort: »Ach, das ist so ein Elite-Internat.«

»Ein was?«, fragte Polly.

»So ein edler Schuppen mit viel Tamtam und alle sind Streber und die kommen nur aus bestem Haus.«

»Wir kommen auch aus gutem Haus«, meldeten sich Myschka und Malyschka. »Unser Papa, der Zar …«

»Nun hört mal auf damit«, unterbrach Rodríguez die Mädchen. »Das ist doch jetzt egal. Auf Gut Eselsberg schafft keiner von uns die Prüfung, das ist klar, nicht in achthundert Jahren. Und jemanden wie Ricky nehmen sie schon gar nicht. Die sind sehr altmodisch, ein Radio kommt denen nicht ins Haus.«

»Außerdem ist dort Professor Isidor Rasenfein der Schulleiter, ihr wisst, was das bedeutet.«

Horstchen heulte laut auf, dann schwang er das Hackebeil und hob es hoch über den Kopf. Polly, die bisher nichts erschüttert hatte, kreischte auf und duckte sich.

»Keine Sorge, Horstchen ist ganz lieb, eigentlich will er nur spielen«, beruhigte ich Polly, aber als das Beil nur wenige Zentimeter neben ihr, genau zwischen uns, in die Holzdielen krachte, machte auch ich einen kleinen Hopser zur Seite.

»Rasenfein ist ein gemeiner Kerl und der Erzfeind von Direktor Grünspan. Keiner weiß, warum, aber sie hassen sich«, erklärte Emily Polly. »Früher hat er *Geräuschspuk* hier auf Schloss Röckenpöppel unterrichtet und dann …«

Weiter kam Emily nicht.

Ich hatte beobachtet, wie Rodríguez und Oskar oder Caruso, Karacho-voll-in-die-Hose miteinander tuschelten und nun vor die anderen Schüler traten. Oskar ließ ein paar seiner typischen Furzflüche los und erklärte den anderen: »Wir müssen die Sache selbst in die Hand nehmen.«

»Genau«, pflichtete Rodríguez ihm bei. »So wahr ich Rodríguez de Benavides y Carrillo de Bardadas heiße und aus bitterem Versehen meine ganz Familie ausgerottet habe – was mir aufrichtig leidtut –, verkündige ich als gewählter Schulsprecher dieser Schule, dass wir auf keinen Fall nach Eselsberg umziehen, sondern das Schloss beschützen werden vor diesem Ungeheuer, diesem Drachen, diesem ... diesem ...«

»Bagger«, sprang Polly ihm zu Hilfe.

Mir blieb nicht verborgen, welche Art von Blick sie diesem Schönling Rodríguez dabei zuwarf. Man musste schon blind sein, um die roten Flecken zu übersehen, die sich auf ihren Wangen bildeten.

»Danke, liebe Polly.« Er zog das ›liiiiebe‹ wirklich übertrieben in die Länge. »Also, von diesem Bagger lassen wir uns nicht plattmachen.«

»Wir gehen zum Gegenfurz über«, sagte Oskar oder Caruso, Karacho-voll-in-die-Hose. »Gegenangriff, meine ich.«

»Aber ...«, meldete sich Bartholomäus von Eckernstein.

»Kein Aber«, schnitt Rodríguez ihm das Wort ab. »Wir müssen in Aktion treten, bevor Grünspan und Ritter Heribert uns aufhalten können. Und das heißt, erst mal zu verschwinden, damit keiner von uns zum Umzug in das Nonnenkloster gezwungen werden kann. Und dann nehmen wir da draußen den Kampf auf – wir müssen die Bestien stoppen, bevor sie Schloss Röckenpöppel erreichen.«

Ohne weiteren Einwänden eine Chance zu geben, stapfte Rodríguez los und durchquerte die Wand, die hinüber zur Halle führte. »Kommt mit!«, sagte er noch, bevor er verschwand.

»Was hast du vor?«, brüllte Myschka ihm hinterher. »Wir dürfen das Schloss doch nicht verlassen!«

»Das ist ein Notfall«, erwiderte Malyschka, nahm ihre Schwester an der Hand und – *schwups!* – waren auch die russischen Großfürstinnen durch die Wand verschwunden. Emily, Horstchen, Bartholomäus und Oskar oder Caruso, Karacho-voll-in-die-Hose sahen sich kurz an und waren im nächsten Moment ebenfalls durchs meterdicke Mauerwerk gesaust. Von Jimmy hörte ich nichts, wahrscheinlich war er längst weg.

Ganz schön praktisch, diese Eigenschaft, dachte ich.

Nur Ricky das Radio blieb zurück und maulte: »Alle anderen sind schon weg, nur Ricky kommt hier nicht vom Fleck. Durch Wände, Mauern, Steine schweben, das möchte er auch einmal im Leben.«

»Schon gut«, sagte ich und nahm das Radio. Ricky knisterte. »Aber halt deinen Mund«, befahl ich ihm. Im oberen Stockwerk tat sich etwas. Ich winkte Polly, die immer noch auf die Wand starrte und es nicht glauben wollte. »Komm, schnell!« In der Halle hörten wir Stimmen von oben. Agatha Wolke und Fräulein Weichbrodt schnatterten miteinander.

»Vorsicht!«, rief plötzlich jemand, dann polterte es auf den Holzstufen der Treppe und Angus Strong kullerte bis hinunter zum ersten Absatz.

»Oh, Entschuldigung, Mister Strong«, rief Frau Wolke. »Ich hatte Sie gar nicht gesehen.«

»Sie haben mich geschubst«, sagte der Hausdiener.

»Ain hervorragendär Storz«, lobte Fräulein Weichbrodt ihn.

Angus Strong ließ sich nicht einlullen von dieser Freundlichkeit. »Wartet nur ab, bis wir auf Gut Eselsberg sind«, knurrte er.

Es stimmte also, was Jimmy gesagt hatte.

»Sie wollen das Schloss aufgeben?!«, platzte es aus mir heraus.

»Wer sagt das?«, fragte Direktor Grünspan.

Die Lehrer, Ritter Heribert und der Hausdiener standen nun alle um Polly und mich herum. Ich verbarg das Radio hinter meinem Rücken und hoffte, dass Ricky ausnahmsweise kein dummes Zeug dazwischenreimte.

»Ach, ich kann's mir denken«, sagte Direktor Grünspan. »Jimmy kann das Lauschen nicht lassen.«

»Sie wollen also aufgeben«, sagte Polly und ihre Stimme zitterte ein bisschen. Dann wandte sie sich an den kopflosen Ritter. »Lieber Urururururururururururururururgroßvater Heribert, ich hoffe, meine Mama und ich dürfen dich irgendwann auf Gut Eselsberg besuchen?«

Sie wischte sich eine Träne weg, die gar nicht da war. Sie spielte ihr Rolle gut, denn der Ritter fing sofort wieder an zu schluchzen. Ich wunderte mich kurz, dann verstand ich: Jede Minute, die wir herausschinden konnten, vergrößerte den Vorsprung von Rodríguez und den anderen.

»Für Rührseligkeiten ist nun keine Zeit, wertester Ritter«, drängte da auch schon Direktor Grünspan. »Gehen wir hinüber zu den Kindern und weihen sie in unsere Pläne ein.«

»Also, wenn ihr Ricky fragt, ist Abhauen jetzt angesagt. Falls wir hier noch länger sitzen, kommt ihr nachher fies ins Schwitzen«, hörte ich in meinem Rücken Rickys Stimme, kaum dass die erwachsenen Geister sich auf den Weg zu ihren Schülern gemacht hatten. »Wenn sie sehen, dass alle fort, nehmt mich dies eine Mal beim Wort, quetschen sie euch feste aus, woll'n alles wissen über Mann und Maus.« Er rauschte aufgeregt.

»Los geht's, Polly«, sagte ich und zog sie mit mir hinaus auf den Schlosshof. »Vielleicht begegnen wir Horatio und Gwendoline, wer weiß.« Auf der Zugbrücke waberte der Nebel, ein Flüstern und Rauschen füllte meine Ohren.

Polly drückte meine Hand fester. »Was ist das?«, fragte sie.

»Sag ich doch. Horatio und Gwendoline«, antwortete ich sehr cool. »Aber sie haben gute Laune.«

Im selben Augenblick spürte ich, wie uns beide etwas erfasste. Ich kannte das Gefühl schon, es war wie eine Welle aus Nebel, auf der wir surften. Gwendoline riss uns mit, aber statt uns zurück ins Schloss zu katapultieren, wie sie es bei meinem ersten Fluchtversuch gemacht hatte, wirbelte sie uns im hohen Bogen hinaus.

»Uuuuuuaaaaha-huuuuuu!«, jodelte Ricky das Radio in meiner Hand – und zum ersten Mal reimte es sich nicht.

»Du bist wohl nicht schwindelfrei«, rief ich.

»Aaaaaaauha-uuuu«, kam aus dem Gerät.

Polly lachte nur. Ihr schien dieser Express-Rausschmiss Spaß zu machen.

Ein gutes Stück hinter dem Wassergraben setzte Gwendoline uns ab, erstaunlich sanft, wie ich fand. Für einen kurzen Moment nahm sie die Gestalt an, die sie vielleicht einmal zu Lebzeiten gewesen war. Das Rauschen brauste auf. Horatio gesellte sich zu ihr. Er verzog sein nebliges Maul zu so etwas wie einem Lächeln. Aber bevor ich mich bei den beiden bedanken konnte, waren sie schon verschwunden.

»Komm mit, ich kenne eine Abkürzung zum Dorf«, sagte Polly. »Da vorne über den Feldweg sind wir in fünf Minuten dort.«

»Warte«, rief ich. »Was ist mit den anderen?«

»Ich bin mir ziemlich sicher, dass wir die bald wiedersehen, komm jetzt.«

Mir blieb nichts anderes übrig, weil Polly mich schon weiterzerrte. Und sie hatte recht – es war wirklich eine Abkürzung, denn nachdem wir ein Waldstück durch- und eine Kuhwiese überquert hatten, sah man schon den Kirchturm des Dorfes im Mondlicht schimmern.

»Du stinkst«, sagte Polly, als wir die nächtliche Straße entlangeilten.

»Es scheißt die Wiese voll die Kuh, der Lenny hat den

Dreck am Schuh. Nun mieft er meilenweit voraus, mit Stinkeschuh kommt er nicht ins Haus.« Ricky hatte wieder zu seinen Reimen zurückgefunden.

Ich hob den Fuß. Das waren also die weichen Stellen auf der Wiese gewesen. Da ich von meinen unterirdischen Ausflügen sowieso aussah wie ein Sumpfgespenst, machte es auch nicht mehr viel aus.

Ein Schrei zerschnitt die stille Mondlichtlandschaft.

Er kam aus dem Haus, an dem wir gerade vorbeiliefen. Ich blieb stehen und schaute hinauf. Auf einer schräg hängenden Holztafel stand in altmodischen, fast schon verblichenen Buchstaben *Gasthaus Zum kopflosen Ritter*. Ein zweiter, lang gezogener Schrei gellte aus dem Fenster direkt über dem Schild, sofort darauf klirrte die Fensterscheibe, Scherben rieselten auf uns hinab und Polly konnte gerade noch zur Seite springen, sonst hätte sie ein Holzschemel getroffen.

Plötzlich drehte Ricky sich auf volle Lautstärke und rief: »Alle Geister stürmen vor, noch ein Tor, noch ein Tor! Wir ...«

»Spinnst du?«, zischte ich. »Du weckst das ganze Dorf.«

»Fußball steht erst morgen auf dem Stundenplan«, murmelte Polly.

»Zur Geisterstunde machen wir Krach, im Dorf wird jede Seele wach. Wir spuken, rasseln, jaulen, um alle zu vergraulen.«

Ricky hatte die Worte noch nicht zu Ende gereimt, da schlug die Eingangstür des Gasthauses auf und ein Mann in einem gestreiften Schlafanzug rannte heraus. Ich erkannte den Bauunternehmer. »Hilfe, zu Hilfe!«, rief er immer wieder. In einer Hand hielt er einen Koffer, den er nicht richtig zugemacht hatte. Unterhosen, Hemden und sein Schlips fielen auf die Straße, aber das störte ihn nicht. Hektisch klickte er auf seinen Autoschlüssel. Die Blinklichter eines Autos auf der gegenüberliegenden Straßenseite leuchteten auf.

Jetzt erschien der Grund seines übereilten Aufbruchs in der Tür des Gasthauses: Horstchen. Er hielt sein Hackebeil hoch über dem Kopf und sagte zweimal mit großem Nachdruck: »Bleib doch, lieber Onkel, Horstchen will nur spielen!«

In dem Moment stolperte ein zweiter Mann die Treppe herab. Er trug nur eine schlabberige Unterhose und ein schmuddeliges Unterhemd. Es war einer der Bauarbeiter. Fast kam er aus dem Tritt, er übersprang eine Stufe und klammerte sich am ächzenden Treppengeländer fest. »Ein Loch im Bauch«, kreischte er. »Er hat ein Loch im Bauch …«

Es war nicht schwer zu erraten, dass der Mann wohl Bartholomäus von Eckernstein begegnet sein musste.

Polly drängte sich an ihm vorbei und rannte die Treppe hinauf. Ich folgte ihr. Ricky das Radio in meiner Hand reimte ein paar wirre Sprüche, verlegte sich dann aber darauf, das Heulen eines ganzen Wolfsrudels abzuspielen sowie zu rasseln und zu stöhnen oder zu quietschen wie eingerostete Türscharniere.

Im ersten Stockwerk schlug eine Tür nach der anderen auf. Aus jeder stürzte ein mehr oder weniger bekleideter Bauarbeiter heraus. Abriss-Müller wurde von Emily umschwebt. Sie drehte Kreise um ihn herum, bis ihm schwindelig wurde. Aus einer offenen Tür am Ende des Flurs

schwebte eine Blumenvase, dieses Zimmer hatte sich wohl Jimmy, der unsichtbare Pirat, vorgenommen.

Rodríguez trat aus einer Tür auf der linken Seite. Er sah verärgert aus und gab ein paar spanische Worte von sich, die nicht sehr freundlich klangen. Ich warf einen Blick in den Raum. Dort lag ein Mann neben dem Bett, mit einer Hand umklammerte er eine Weinflasche, mit der anderen das Laken, das auch vom Bett gerutscht war.

»Hast du ihn vergiftet?«, flüsterte ich entsetzt.

»Natürlich nicht. Er ist so besoffen, dass er ganz andere Gespenster als uns sieht.« Rodríguez' Stimme klang sehr verärgert. »Da dürfen wir einmal richtig loslegen und dann gerate ich an einen, der nichts mehr mitkriegt.«

Myschka und Malyschka hüpften hingegen in bester Laune aus dem Nachbarzimmer mit der Nummer 9. Um den Hals der Schwestern hing jeweils ein Strick.

»Wir haben alle Ratschläge von Frau Wolke beachtet«, juchzte Myschka. »Es hat wunderbar geklappt«

»Er ist in Ohnmacht gefallen«, jubelte Malyschka. »Vielleicht war es aber auch ein Herzschlag.« Dann tanzten sie fröhlich die Treppe hinab. »Wenn Frau Wolke das doch gesehen hätte«, plapperten sie weiter. »Wir geben die Erhängte demnächst immer nur noch zu zweit. Vielleicht qualifizieren wir uns damit für die Schulmeisterschaften ...«

Sie verschwanden durch die nächste Wand, während Oskar oder Caruso, Karacho-voll-in-die-Hose den Kopf durch die Decke über mir streckte. »Alle futschikato-furzikato weg. Hier oben ist keiner mehr.« Er bemerkte mich und fügte hinzu: »Hallo, Lenny, seid ihr endlich da? Die Typen sehen wir hier nicht so bald wieder, da sind wir uns sicher. Wir waren spitzenmäßig spukig, ich wünschte, der alte Grünspan hätte das gesehen, wir hätten alle eine Eins mit Sternchen bekommen.«

»Oder hundertfünfzig Jahre Nachsitzen«, erklang die

Stimme von Direktor Grünspan. Er kam die Treppe herauf, hinter ihm die Lehrerinnen, der Hausdiener und Ritter Heribert, der in einer Hand seinen Kopf und in der anderen eine Kiste hielt.

Es gibt Dinge, die kann man mitten in der Nacht einfach schwer erklären. Besonders, wenn zwischendrin ein Ritter dauernd seufzt wie ein verliebter Teenager, ein Radio mit gereimten Sprüchen dazwischenplappert und der Schildknappe jammert, dass er furchtbaren Appetit auf Apfelkuchen habe und außerdem ein Loch im Bauch vor lauter Hunger ...

Pollys Mutter ließ sich von alldem jedoch nicht sonderlich beeindrucken. Zu der waren wir mitsamt der ganzen Geistertruppe nämlich marschiert. Polly brauchte ein paar Minuten, bis sie ihre Mutter endlich wach gerüttelt hatte, aber dann hörte sie sich die ganze Geschichte an, und zwar ganz so, als erzählten wir ihr von unserer letzten Klassenfahrt.

»Und dieser unsichtbare Pirat ist wirklich der Großonkel von Johnny Depp?«, war ihre erste Frage.

Ritter Heribert schluchzte herzergreifend, da Pollys Mutter ihrer Urahnin Arabella noch viel ähnlicher sah als Polly und seine Liebessehnsucht nach Arabella wieder aufwallte.

Für rührselige Momente war jedoch nicht der richtige Zeitpunkt. Erstens sollte bald die Sonne aufgehen und da war es besser, wenn die Spukgestalten in ihren Betten lagen. Zweitens brachte Pollys Mutter sie alle wieder auf den Boden der Tatsachen zurück.

»Zu schade, dass ich nicht bei eurem kleinen Streich dabei war«, sagte sie. »Ich hätte diesen Schlips-Typen sehr gerne in seinem gestreiften Pyjama rennen sehen. Superschade ist, dass er ganz sicher zurückkommen wird. So schnell gibt der nicht auf. Die Typen haben abends alle ordentlich viel Bier getrunken, morgen werden sie behaupten, das habe alles nur am Suff gelegen.« Sie seufzte laut. »Unsere Schulden verschwinden davon nicht.«

»Verschwinden wie der Furz im Winde«, rief Oskar oder Caruso, Karacho-voll-in-die-Hose dazwischen.

»Gnädigste Frau, der ein oder andere von uns hat zwar schon ein paar Jahrhunderte auf dem Buckel und wir sind ein wenig angestaubt, aber völlig nutzlos sind wir nicht.« Direktor Grünspan trat vor. »Mein Name ist Theoderich Grünspan und ich bin der Leiter des ehrwürdigen Instituts, das nun immerhin schon knapp fünfhundert Jahre auf Schloss Röckenpöppel eine durchaus anerkannte Schule für Geister und Spukgestalten betreibt.«

»Och, Theo!«, rief Agatha Wolke. »Nun rede nicht lange um den heißen Brei herum.« Sie nahm Ritter Heribert den Kasten aus der Hand, den der während seiner Schluchzerei nicht ein einziges Mal abgestellt hatte, öffnete ihn und zeigte den Inhalt in die Runde. »Die Klunkerchen müssten doch wohl für eure Schulden reichen?«

Mir fiel die Kinnlade herunter. Von außen sah die Schatulle unscheinbar aus, von innen jedoch war sie mit dunkelrotem Samt ausgeschlagen. Wenn das ganze Zeug darin echt war, musste es sich um ein gar nicht so kleines Vermögen handeln. Perlen, Juwelen, Goldstücke, Ringe, Ketten und sogar eine kleine Krone schimmerten mir entgegen. Ich nahm eine Goldmünze heraus, auf der ein Ritter eingeprägt war.

»Ja, ja«, seufzte Ritter Heribert, »das waren noch Zeiten. Mit diesen Goldstücken hat Kaiser Maximilian II. seinerzeit im Jahre 1573 meinen Großvater überhäuft, weil wir …«

»Verzeihung, lieber Ritter Heribert, das tut doch jetzt nichts zur Sache«, sagte Direktor Grünspan.

»Nun gut, jedenfalls ist das der Brautschatz derer zu Röckenpöppel«, brachte Ritter Heribert mit einiger Mühe hervor. »Den sollte meine geliebte Arabella zur Hochzeit bekommen, aber leider …«

»… verlor Ritter Heribert zuerst den Kopf und dann das Leben«, murmelte ich.

»Genau«, stimmten mir alle zu.

Polly und ihre Mutter standen starr vor Staunen.

»Sie müssen den Schatz nehmen, sonst müssen meine Freunde nämlich ins schreckliche Eselsberg umziehen!«, sagte ich.

»Was eigentlich die beste Lösung wäre, das finde ich immer noch«, knurrte Angus Strong.

»Das können wir unmöglich annehmen«, sagte Pollys Mutter jetzt.

»Warum nicht?«, rief Polly.

»Weil … weil …« Ihre Mutter rang nach Worten. »Weil es viel zu viel ist und uns nicht gehört.«

»Natürlich gehört es Ihnen«, sagte Direktor Grünspan. »Zum einen sollte Ihre Urururururururururururururururururgroßmutter es als Brautgeschenk bekommen ...«

»Aber der Ritter hat die Bäckerstochter doch gar nicht geheiratet!«, rief Pollys Mutter.

»Weil er zuvor den Kopf und dann das Leben verloren hat«, flüsterte irgendwer in den hinteren Reihen.

»Genau«, sagte Polly.

»Dann betrachten Sie es als Miete. Wie ich schon sagte, machen wir uns seit fünfhundert Jahren in Ihrem Schloss breit. Nun ja, nachts jedenfalls«, sagte Direktor Grünspan. »Wenn Sie unsere Mietschulden zusammenzählen und Zins und Zinseszins dazurechnen, kommen wir ohne Mühe auf ein kleines Vermögen, das Ihnen zusteht. Und wir würden den Mietvertrag gerne um weitere fünfhundert Jahre verlängern«, sagte der Direktor. »Jetzt muss ich jedoch darauf bestehen, dass sich alle Gespenster unter uns schleunigst zurück ins Schloss begeben. In dreißig Minuten geht die Sonne auf und wir haben uns alle eine Mütze Schlaf verdient. Das Kästlein lassen wir in Ihrer Obhut.«

Bevor Pollys Mutter Einwände erheben konnte, verdünnisierten sich die Geister durch Türen, Wände und Fenster. Emily winkte mir zu und schwebte durch den Kamin davon.

»Hey!«, rief jemand. »Und was ist mit mir?«

Polly und ich schauten uns an, dann schauten wir uns im Zimmer um und entdeckten – Ricky das Radio.

»Alle verduften von hier superschnelle, nur Ricky das Radio steht auf der Stelle, wo ihn die Meute der Geister vergaß. Für Ricky ist das überhaupt kein Spaß«, jammerte Ricky.

Polly griff sich Ricky am Henkel, raste zur Tür, riss diese auf und brüllte: »Wartet!« Sie rannte hinaus auf die Straße, die im ersten Dämmerlicht lag. »Ihr habt euern Freund vergessen!« Ich folgte ihr.

Die Geister waren verschwunden. Polly stand mitten auf der Straße und ich beobachtete, wie sie die Häuser und Gärten mit ihren Blicken absuchte.

Dann ertönte auch schon die kleine harmlose Melodie, die den Zuschauer in Gruselfilmen immer vor schrecklichen Dingen warnt. Woher sie kam, weiß ich nicht, rundherum herrschte totale Stille. Kurz musste ich an Moritz denken, wie er vielleicht »Großaufnahme von dem Mädchen mitten auf der Straße!« schreien würde.

Ich sah das Auto, das auf Polly zuschleuderte, hinter dem Steuer der schlipslose Bauunternehmer, sein entschlossener Blick war in die Ferne auf die im Morgenlicht schimmernde Silhouette von Schloss Röckenpöppel gerichtet. Er sah nicht auf die Straße. Ich sprang los, sprintete, rannte auf Polly zu, spürte den Aufprall, als ich sie mit beiden Armen umklammerte, aber das Auto war schneller und dann war alles ...

... schwarz.

Seit ich einen mehrere Hundert Meter langen unterirdischen Gang durchquert hatte, einmal hin und einmal zurück, wusste ich sehr gut, wie so richtig saftiges Erdreich riecht. Genau dieser Geruch stieg mir in die Nase, als ich erwachte. Schon wieder war um mich herum alles ziemlich düster. Aber es war nicht so stockdunkel wie in dem geheimen Gang, der aus Schloss Röckenpöppel unter dem Wassergraben hindurchführte. Rechts und links von mir schimmerte durch einen winzigen Ritz ein kleines bisschen Licht und ich spürte einen leisen Lufthauch.

Wo war ich? Und wo war Polly?

Ich bewegte den Kopf und stellte fest, dass ich auf dem Rücken lag. Meine Hände ruhten gefaltet auf dem Bauch. Meine Zunge klebte am Gaumen, sie fühlte sich pelzig an. Ich versuchte zu schnalzen, um die Zunge vom Gaumen zu lösen, den Pelz auszuspucken.

Es ging nicht.

Mein Kinn ließ sich keinen Millimeter bewegen.

Als ich die Finger der rechten Hand mühselig aus denen

der linken gelöst hatte und damit zu meinem Kopf fuhr, stieß mein Ellbogen an etwas Hartes. Auch der zweite Arm hatte kaum Spielraum. Dem schenkte ich jedoch keine weitere Beachtung, denn was meine Finger ertasteten, war ein Stoff, ein Tuch oder eine Binde, die mir jemand ums Kinn gezogen und oben auf dem Kopf zusammengebunden hatte. Damit konnte man natürlich den Mund nicht öffnen.

Ich zog sie ab und mit einem erleichterten »Uaaaarh!« öffnete ich den Mund. Sofort überfiel mich ein Hustenreiz, denn viel Luft kam auch durch die Ritzen nicht herein. Eine Hustenattacke schüttelte mich geradezu durch, mir geriet ein Ende der Stoffbinde in den Mund, der Husten wurde noch schlimmer.

Ich betastete die Wände der Kammer, in der ich mich befand. Sie fühlten sich weich an, irgendwie gepolstert, aber als ich etwas fester drückte, spürte ich doch harten Widerstand.

Plötzlich prasselte etwas von oben auf das Dach dieses plüschig ausstaffierten Gefängnisses.

Über mir prasselte, böllerte, rieselte und kieselte es.

Ich drückte mit beiden Händen gegen die Decke. Sie bewegte sich kaum, einen halben Millimeter vielleicht, der etwas mehr Luft hineinließ.

Mir war klar: Das war ein ziemlich übler Scherz der ganzen Truppe. Es wunderte mich, dass Pollys Mutter dabei mitspielte, aber um ehrlich zu sein: Polly und ihre Mutter waren ein schräges Gespann, ihnen war einiges zuzutrauen.

»Hey, Leute! Das reicht jetzt«, sagte ich.

Wieder prasselte, böllerte, rieselte und kieselte es von oben.

Jetzt konnte ich auch eine Stimme hören. Die ersten Worte verstand ich nicht, alles kam nur sehr gedämpft bei mir an, der Schluss des Satzes war laut und deutlich zu hören. Es waren neun Worte, die ich schon einmal gehört hatte. Der Mann dort oben – die Worte kamen ganz eindeutig von oben – sprach sie mit aller Kraft aus.

»Staub zu Staub …«, waren die Worte.

Prassel, böller, riesel, kiesel …

Ich kannte dieses Geräusch. Warum musste ich dabei immer an ein lautes *Trööööt* denken und an die Tuba von Opas bestem Freund?

»Ruhe in Frieden.«

Ich kannte auch diese Worte. Ich hatte sie schon einmal gehört. Bei Opas Beerdigung …

Prassel. Böller. Riesel. Kiesel. Trööööt. Schluchz.

»Ruhe in Frieden.«

NEEEEEEEEIIIIIIINIIIIIIIN!!!!!!

Ich lag in einem Sarg. Daran hatte ich keinerlei Zweifel mehr. Wie ich in diese Situation geraten war, interessierte mich nicht die Bohne. Ich musste wieder hinaus. Sofort.

Was genau oben passierte, als aus meinem Sarg ein gellendes »NEEEEEEEIIIIIIIIIIIIIIIIN!!!!!!« dröhnte, weiß ich nur vom Erzählen.

Auf jeden Fall habe ich von unten gegen den Sargdeckel gebollert und getrampelt, oben gellten Schreie, dann wackelte es und ich spürte, wie ich nach oben schwebte. Nicht in den Himmel und von Engeln getragen, sondern mitsamt dem Sarg zur Oberfläche.

Bei Opas Beerdigung hatte ich gesehen, dass man von vier Männern behutsam an Seilen in das Loch hinabgelassen wird, also der Sarg mit seinem Inhalt. Jetzt waren die Sargträger wohl ein bisschen nervös. Das kann ich gut verstehen, wenn gerade jemand von innen an den Sargdeckel hämmert und schreit: »AUUUFMAAACHEEEEEEN!!!«

Mein Sarg verkantete, kippte zur Seite. Ich kullerte ebenfalls auf die Seite. Das ganze Gepäckstück für die Reise ins

Jenseits polterte wieder hinunter in die ausgeschachtete Grube, es rumste, mein Kopf schlug gegen die harte Seitenkante und schon wieder wurde alles schwarz um mich. Im Nachhinein frage ich mich, ob mir nicht den größten Teil der Geschichte schwarz vor Augen war.

Ein einziger Gedanke sauste noch durch meinen Kopf: So viel Pech muss man erst einmal haben – zuerst lebendig begraben werden und dann beim Versuch der Rettung leider ums Leben kommen! Das würde eine Schlagzeile.

Aber ich kam nicht ums Leben. Ich wachte wieder auf und lag in einem Berg von Blumenkränzen, die neben dem Grab hübsch angerichtet waren. Sie hatten sehr schöne Schleifen, sogar die Direktorin meiner Schule und mein Fußballverein hatten sich nicht lumpen lassen und tief in die Kaffeekasse gegriffen, um mir auf diese Weise letzte Grüße zu schicken.

Auf jeder zweiten der schimmernden Schleifen standen solche Sachen wie: *Lenny – seine Seele Ruhe sanft*. Sogar ein kleines Blumengesteck in der Form eines Tablet-Computers lag da, von Moritz: *Alter, lass es krachen auf Wolke 7* stand auf dieser Schleife.

Meine Mutter verfluchte mit den schlimmsten Worten, die jemals über ihre Lippen gegangen sind, alle Ärzte und Krankenhäuser und alle, die jemals den Fuß über die Schwelle einer Notfallambulanz gesetzt hatten, sogar den Pförtner und die ahnungslosen und sicher völlig unschuldigen Frauen, die in der Cafeteria die Kuchenstückchen mit Zuckerblumen dekorierten.

Mich interessierte natürlich nur eines: WIE – UM ALLES IN DER WELT – WAR ICH IN DIESEN SARG GEKOMMEN?

»Erinnerst du dich denn nicht?«, fragte mein Vater.

Ich schüttelte den Kopf. Ich erinnerte mich an ein paar Dinge und Personen, aber es schien mir im Augenblick besser, den Mund zu halten. In einer solchen Situation von Rittern ohne Kopf, Lehrerinnen, die *Erhängen* unterrichteten, und reimenden Radios zu erzählen, konnte zu Missverständnissen und vielleicht auch zur Einweisung in eine Klinik für geistig Verwirrte führen.

»Weißt du nicht mehr? Der Eiswagen?«, fragte meine Mutter. »Frau Bertram? Chantal? Der Schal? Schätzchen, erinnere dich doch an den Morgen, als wir dich zu der ganz tollen Schule bringen wollten.«

Ganz toll – Schätzchen. Ihr wisst schon, wenn Mama diese Worte benutzt, vielleicht sogar mehrmals hintereinander, droht Unheil.

»Die Schule liegt in einer ganz tollen Gegend, ein bisschen abgelegen, aber in einem ganz tollen ...«

Ich hob die Hand. Sie verstummte. Ich räusperte mich.

»Schloss?«

»Genau!« Papa strahlte. »Du erinnerst dich also doch.«

»Ja, Schloss!«, bestätigte Mama. »Hoffentlich nehmen sie dich noch, auch wenn wir dich mit vier Tagen Verspätung dort abliefern.«

Mama ist eine Frau, die immer sehr praktisch denkt.

Mich interessierten jedoch ganz andere Fragen. Ich winkte Moritz herbei, der – wie die gesamte Beerdigungsgesellschaft – ein paar Meter weiter ehrfürchtig meiner Rückkehr aus dem Reich der Toten beigewohnt hatte.

»Alter«, stieß er hervor. »Das ist ja wie in *Die Toten von Stumpleton Grove*, erinnerst du dich, den haben wir letztes Jahr gesehen.«

Ich erinnerte mich. In dem Film ging es um Scheintote. »Hast du dein Smartphone dabei?«

»Klar.«

»Kannst du mal was für mich googeln?

»Klar.«

»Gib ein: Apfelkuchen, Arabella und Groß Wandelstein. Nein, besser: Schlacht am Weißen Berg, Ritter Heribert. Oder nein, lieber: Rodríguez de Benavides y Carrillo de Bardadas. Oder doch besser Oskar oder Caruso, Karacho-voll-in-die-Hose ...«

»Ich glaube, er hat doch was abgekriegt«, raunte Mama Papa zu und tippte sich an die Stirn.

Ich war mir da nicht so ganz sicher. Ich weiß, dass alle jetzt denken, ich spinne oder ich hätte mir das alles ausgedacht oder geträumt. Dann müsst ihr mir erklären, woher das kleine runde Metall in meiner Hand kam. Es war eine Goldmünze. Sie wurde zur Zeit von Kaiser Maximilian II. geprägt. Mit solchen Münzen hatte der Kaiser Ritter Heriberts Großvater dereinst überhäuft. Aber das tut hier nichts zur Sache, würde Direktor Grünspan sagen.

Jedenfalls fuhren wir dann trotz des kleinen Schocks, den alle erlitten hatten, in den Gasthof am See zum Leichenschmaus. Das war eine wunderbare Idee, wie ich fand, weil ich urplötzlich einen Bärenhunger hatte.

Leberwurstbrötchen mit Gürkchen! Streuselkuchen!! Cola!!!

Das war nun einmal alles vorbestellt, warum sollten

wir nicht eine Wiedersehens- statt einer Abschiedsparty feiern?

Als die Feier schon eine Weile voll im Gang war, passte Moritz mich im Gang zu den Toiletten ab. »Du musst mir unbedingt erzählen, was passiert ist. Warst du wirklich … äh … ich meine … äh … du weißt schon. Das gibt es doch gar nicht …«

Ich dachte kurz darüber nach, ob ich ihm die Wahrheit erzählen oder mir etwas ausdenken sollte. Ich entschied mich für die Wahrheit, zumindest die Kurzform davon.

»Hammer«, flüsterte Moritz ein paarmal und saß dann mit weit offen stehendem Mund da. »Unglaublich.«

Kaum war ich fertig, raunte er mir zu: »Ich habe eine Wahnsinnsidee …«

Warum er so geheimnisvoll tat, kapierte ich zunächst nicht.

»Hollywood. Mindestens. Die Hauptrolle spielt dieser Typ mit den schwarzen Haaren aus der Serie, du weißt schon«, raunte er weiter.

Ich wusste nicht und mir ging auch nur nach und nach auf, was Moritz sich in den Kopf gesetzt hatte.

»Wir drehen einen Film. Ich mache die Regie, du schreibst das Drehbuch. Natürlich gibt es auch ein richtiges Buch, ein Konsolenspiel und einen Comic dazu. Wir fragen Thilo, ob er die Bilder malt. Wir werden reich. Und berühmt.«

»Meinst du, jemand glaubt so eine unglaubliche Geschichte?«, fragte ich.

»Natürlich nicht, wir verbessern die ein oder andere Stelle. Fantasie ist gefragt.« Er holte sein Smartphone hervor und hielt es mir vor den Mund. »Fang gleich an. Von vorne. Sonst vergisst du die Hälfte. Oder wir wachen auf und es war doch alles nur ein schräger Traum. Aufnahme läuft.«

»Okay«, sagte ich und legte los:

»Schätzchen, es wird bestimmt ganz toll«, sagte meine Mutter an jenem Morgen. Wenn meine Mutter ›Schätzchen‹ oder ›kleiner Hase‹ zu mir sagt, ist das nicht nur sehr peinlich. Es ist auch ein Zeichen, dass ich mich auf irgendetwas einstellen muss, das ganz bestimmt nicht so toll wird. »Du wirst superschnell ganz tolle neue Freunde dort finden, kleiner Hase. Die Schule ist in einem tollen alten Schloss.«

Einmal ›Schätzchen‹ und einmal ›kleiner Hase‹ – innerhalb von einer Minute.

»Huhuhuuuu, huiiibuuu«, machte mein Vater. »Mit einem alten Schlossgeist, der dir jede Nacht ...«

Als ich mit der ausführlichen Fassung fertig war, glänzten Moritz' Augen vor Begeisterung, vielleicht aber auch, weil es schon ziemlich spät war. »Großartig«, murmelte er, »nur das Ende, das glaubt kein Mensch. Im Sarg aufwachen? So etwas passierte vielleicht vor zweihundert Jahren, aber heute? Nein! Das müssen wir ändern.«

»Hm, wenn du meinst«, sagte ich.

So, jetzt bist du durch mit der Geschichte. Ich hoffe, du lebst noch und musstest dich nicht zitternd unter dem Sofa verstecken. Wahrscheinlich gehst du morgen viel lieber in deine ganz normale Schule und freust dich, dass du ganz normale Fächer wie Mathe oder Erdkunde hast.

Wenn du demnächst auf eine neue Schule wechseln solltest, guck lieber genau hin, ob es die richtige für dich ist. Besonders, wenn deine Eltern etwas verpeilt sind, das kommt ja öfter vor, als man denkt.

Ach ja, dann hätte ich noch einen Rat für dich: Wenn du nicht doch ein Gespenst bist, solltest du am besten nichts aus diesem Buch nachmachen. So ein Treppensturz (zum Beispiel) kann uns ganz normalen Leuten ganz schön wehtun, auch wenn es eine Treppe mit nur fünf und nicht 54 Stufen ist.

Immer noch Leonard Hohenklaue (ohne von!!),
genannt Lenny der Zweite

DANKSAGUNG

Mein Dank geht an Kati Reue Frentzel, Sven Puchelt, Jürgen Hees, Beate Laufer-Johannes, Simone Dalbert, Petra Althöfer-Stein, Nadine Reinhold, Dagmar Harbrich, Sandra Rudel, Stefanie Leo und Kerstin Kipker, lauter Kinderbuchfachfrauen und -männer, die das Manuskript zu diesem Buch bereits sehr früh zur Probe gelesen und mich mit ihren Anmerkungen und ihrem Zuspruch unterstützt haben.

Meine Agentin Birgit Arteaga hat auch dieses Mal alles dafür getan, dass die Geschichte an den passenden Verlag vermittelt wird. Wieder einmal vielen Dank dafür.

Thilo Krapp gilt besonderer Dank für seine wunderbaren Illustrationen, die perfekt zu den schillernd-schrägen Figuren des Buches passen.

Meiner Lektorin Katja Korintenberg danke ich ebenso, dass sie sich (und mit ihr der dtv Verlag) auf meinen etwas schwarzhumorigen Text eingelassen hat.

Und heute wäre es auch einmal an der Zeit, Frau Jacobs und Herrn Wimmer zu danken. Sie haben mich über einige Schuljahre hinweg trotz mangelhafter Rechtschreibung durchkommen lassen. Ich weiß nicht, ob es an der sonstigen Qualität meiner Schulaufsätze lag. Vielleicht wollten sie mich auch einfach loswerden und auf keinen Fall riskieren, dass ich eine Ehrenrunde (bei ihnen) drehen musste.

JIMMY
DER PIRAT

RICKY
DAS RADIO

HORSTCHEN